大魚讀品
BIG FISH BOOKS

让日常阅读成为砍向我们内心冰封大海的斧头。

大魚讀品

A BOOK MUST BE THE AXE FOR THE FROZEN SEA INSIDE US

所谓书，必须是砍向我们内心冰封大海的斧头

—

卡夫卡

KAFKA

大鱼读品是磨铁图书旗下优质外国文学出版品牌，名字来自于美国小说家丹尼尔·华莱士的小说《大鱼》。我们认为小说中的大鱼象征着无限的可能性，而文学一直在试图通向无限。

大鱼团队将持续地去发现这个世界精神领域的好东西，通过劳作，锤炼自己，让自己有力，让好作品更好地被传播，从而营养自他，增进自他福祉。

大鱼的读书观、选书观基本可以用卡夫卡的这句话高度概括：所谓书，必须是砍向我们内心冰封大海的斧头。

RACHEL JOYCE

THE UNLIKELY PILGRIMAGE OF HAROLD FRY

一个人的朝圣

[英] 蕾秋 · 乔伊斯 著 黄妙瑜 译

欧洲首席畅销小说，热销 5 年不衰，入围 2012 年布克文学奖。全球销量过 4,000,000 册，简体中文版销量过 1,500,000 册。

这一年，我们都需要他安静而勇敢的陪伴。

一个人的朝圣（精装版）

[英] 蕾秋 · 乔伊斯 著 黄妙瑜 译

80 万册精装纪念版，收录作者长篇专访、原版木刻插画、作者给中国读者的信，赠英文别册。

献给每一次对生活的胜利，对悲伤的疗愈，对爱的唤回。

THE LOVE SONG OF MISS QUEENIE HENNESSY

一个人的朝圣 2：奎妮的情歌

[英] 蕾秋 · 乔伊斯 著 袁田 译

布克奖入围作品《一个人的朝圣》相伴之作。

献给每一次对生命微小瞬间的朴素歌唱，对自我的照见，对爱的唤回。

RACHEL JOYCE

PERFECT

时间停止的那一天

[英] 蕾秋 · 乔伊斯 著 焦晓菊 译

触动万千读者的全球热销书
《一个人的朝圣》作者口碑新作。
别害怕失去生活的勇气，因为它一刻也未曾离开过我们。

THE MUSIC SHOP

奇迹唱片行

[英] 蕾秋 · 乔伊斯 著 刘晓桦 译

全球热销 5,000,000 册、感动 38 国的口碑之书
《一个人的朝圣》作者蕾秋 · 乔伊斯沉淀三年重磅新作
你所有的烦恼忧愁，都能在这家唱片行得到倾听和治愈。

CHRIS CANDER

THE WEIGHT OF A PIANO

钢琴的重量

[美] 克丽丝·坎德 著 袁田 译

《柯克斯书评》独立小说奖得主，独立书商图书奖金奖得主

钢琴见证了一段段生命的旅程，钢琴的生命，则是一首天涯与命运的长歌。

献给所有渴望以音乐愉悦灵魂的人

EN MAN SOM HETER OVE

一个叫欧维的男人

[瑞典] 弗雷德里克 · 巴克曼 著　宁蒙 译

北欧小说之神巴克曼公认口碑代表作
全球销量超过 1000 万册，豆瓣读者 9.2 超高分推荐
改编电影提名奥斯卡最佳外语片
来，认识一下这个内心柔软，充满恒久爱意的男人

BJÖRNSTAD

熊镇

[瑞典] 弗雷德里克 · 巴克曼 著　郭腾坚 译

全球热销1300万册的瑞典小说之王
弗雷德里克 · 巴克曼
《一个叫欧维的男人决定去死》《外婆的道歉信》《清单人生》之后超越式里程碑新作

读第一遍，有100处细节征服你；
读第二遍，又有100处

我们守护什么，我们就成为什么

VI MOT ER

熊镇 2

[瑞典] 弗雷德里克·巴克曼 著 郭腾坚 译

李银河、吴磊、马天宇、冯唐、李尚龙、七堇年、笛安、陶立夏、柏邦妮书单
不仅关于冰球和运动，更写尽了成长为一个真正的人所面临的一切抉择和思索

我们守护什么，我们就成为什么

FREDRIK BACKMAN

AND EVERY MORNING THE WAY HOME GETS LONGER AND LONGER

长长的回家路（中英双语版）

[瑞典] 弗雷德里克·巴克曼 著　余小山 译

瑞典小说之神巴克曼口碑绝佳私小说

车银优一口气读了三遍的人生之书

男孩和祖父、父亲和儿子之间缓慢的告别和无尽的爱

MATT HAIG

HOW TO STOP TIME

时光边缘的男人

[英] 马特·海格 著　侯茜 译

2017 英国读者与书店联名票选最爱小说。

“卷福”本尼迪克特·康伯巴奇出版前夕火速抢下电影版权，亲自主演、制作。

我写下这个故事，

是希望能让人们感觉不那么孤单。

공지영

도가니

熔炉：10 周年修订版

[韩] 孔枝泳著　张琪惠译

读者票选能代表韩国的第一作家、韩国文学的自尊心

孔枝泳口碑代表作

孔侑念念不忘，亲自投资主演同名电影，位列豆瓣电影 TOP20，9.3 超高分

韩国前总统李明博激赏，李现、朴赞郁、张嘉佳郑重推荐

我们一路奋战，不是为了改变世界，

而是为了不让世界改变我们。

ANTOINE DE SAINT-EXUPÉRY

LE PETIT PRINCE

小王子（中法双语版）

[法] 安托万 · 德 · 圣埃克苏佩里 著　胡博乔 译　卤猫 绘

留在地球上的小王子

卤猫倾心绘制 30 幅插画

翻译家胡博乔原汁原味译自 1946 年法国首版

献给小王子诞生 75 周年

JONAS GARDELL

TORKA ALDRIG TÅRAR UTAN HANDSKAR

戴上手套擦泪（全三册）

[瑞典] 乔纳斯·嘉德尔著　郭腾坚译

3 册礼盒典藏。

瑞典每 3 个人中就有 1 个人为之落泪，王储亲自颁奖的国民小说。

同名影集击败《权力的游戏》荣膺欧洲电视大奖，豆瓣 9.1 高分。

相爱的人们，继续携手向前吧。即使有时候正确的被看作是错误的。

WENDELIN VAN DRAANEN

FLIPPED

怦然心动（中英双语版）

[美] 文德琳·范·德拉安南 著 陈常歌 译

豆瓣130万读者共同认可，
电影原著双语纪念版。
斯人若彩虹，遇上方知有。
韩寒、卢思浩、《中国成语大会》嘉宾郦波教授推荐电影原著小说。

OSAMU DAZAI

美男子と煙草

美男子与香烟

[日] 太宰治 著 吴季伦 译

昭和文学不灭的金字塔，永远的少年太宰治，

令人叹为观止的自传体短篇小说 12 篇

收录 导演王家卫钟爱的《美男子与香烟》/ 进入日本高校教材名篇《富岳百景》/ 珍贵绝笔之作《Goodbye》

女生徒

女生徒

[日] 太宰治 著 刘子倩 译

三度殉情，最懂女人的男作家**太宰治，**

令日本文坛刮目相看的女性小说杰作 12 篇。

呈现少女心的明亮太宰，理想主义的纯真太宰。

“能目睹《女生徒》这样的作品，是时评家偶然的幸运。”——川端康成

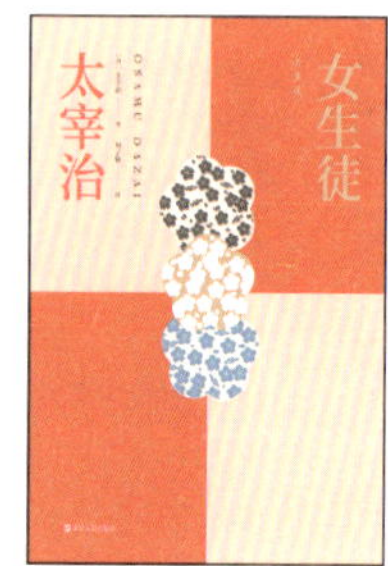

HARMUR ENGLANNA

天使的忧伤

[冰岛] 约恩 · 卡尔曼 · 斯特凡松 著 李静滢 译

冰岛桂冠级小说家 ‖ 诺贝尔文学奖实力候选！
英、法、西、德、冰、丹、挪等权威媒体盛赞本书“天堂般美妙”“每一段都像诗”“不可替代的光芒”“美的奇迹”
无尽的风雪、海浪群山，一个男孩和一个邮差的奇异之旅。

HIMNARÍKÍ OG HELVÍTI

没有你，什么都不甜蜜

[冰岛] 约恩 · 卡尔曼 · 斯特凡松 著 李静滢 译

冰岛值得阅读的桂冠级诗人小说家，入围 2017 年布克文学奖。
一场大风雪，一个男孩的三天三夜，那个古老迷人的冰岛世界。

THE HEART OF MAN

世界尽头的写信人

[冰岛] 约恩·卡尔曼·斯特凡松 著　李静滢 译

当空中有云，海里有帆，鱼群昼夜不停。我想给你写信。
诺奖实力候选人、冰岛桂冠级诗人小说家斯特凡松步入世界文坛代表作，译为 27 种语言。
我们在字里行间纠缠着爱，所以才有了历史。

MARIA SEMPLE

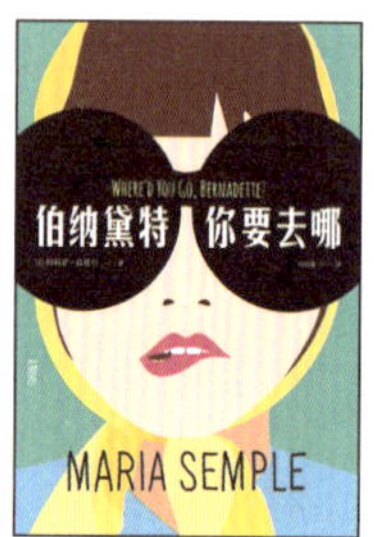

WHERE'D YOU GO, BERNADETTE

伯纳黛特，你要去哪

[美] 玛利亚 · 森普尔 著 何雨珈 译

“大魔王”凯特 · 布兰切特被小说折服，主演同名电影
席卷46国，全球销量超过700万册！
蝉联《纽约时报》畅销榜、美国国家公共电台畅销榜
长达88周Goodreads 超过30万读者打出满分好评，
136家媒体“年度图书”推选！

TODAY WILL BE DIFFERENT

今天将会不一样

[美] 玛利亚 · 森普尔 著 傅仪嘉 译

《伯纳黛特，你要去哪》 作者肆意天才新作
出版即被朱莉娅 · 罗伯茨抢下影视版权并亲自出演女主！
《卫报》年度图书 《华盛顿时报》杰出图书 美国国家公共电台年度图书
美国亚马逊《纽约时报》《柯克斯书评》《美国娱乐周刊》“不可不读的100本书”

SOFIA LUNDBERG

DEN RÖDA ADRESSBOKEN

红色地址簿

[瑞典] 苏菲亚 · 伦德伯格 著 华静文 译

自费出版半年内凭借超强口碑卖出 32 国版权，
被 650 万欧洲读者推荐为“一生之书”的惊艳处女作。

人生很长，我们不必孤身一人

ERLEND LOE

NAIV.SUPER.

我是个年轻人，我心情不太好（20 周年纪念版）

[挪威] 阿澜 · 卢 著 宁蒙 译

北欧头号畅销书，挪威版《麦田里的守望者》
被无数读者津津乐道二十年。
给每一个迷茫的孩子和心情不太好的大人。

DOPPLER

我不喜欢人类，我想住进森林

[挪威] 阿澜 · 卢 著 宁蒙 译

北欧头号畅销小说《我是个年轻人，我心情不太好》第二季
被无数读者津津乐道 15 年并畅销不衰，风靡全球 41 国。打动了每一个在现代都市中生活，扮演某种角色，并感到疲倦的人。
逃避不可耻还很有用

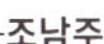

조남주

82 년생 김지영

82 年生的金智英

[韩] 赵南柱 著 尹嘉玄 译

亚洲 10 年来罕见的现象级畅销书，《熔炉》《釜山行》原班主演孔刘、郑有美出演同名电影即将上映！
一个女孩要经历多少看不见的坎坷，才能跌跌撞撞地长大成人

DANIEL WALLACE

BIG FISH

大鱼

[美] 丹尼尔·华莱士 著　宁蒙 译

出版 20 周年修订典藏版，
豆瓣电影总榜 TOP100 口碑神作原著！
精彩程度不输电影！

不要相信所谓真的，相信你所爱的。

LIANE MORIATY

BIG LITTLE LIES

大小谎言

[澳] 莉安·莫利亚提 著 康学慧 译

全球销量突破 1000 万册！
妮可·基德曼、瑞茜·威瑟斯彭、梅丽尔·斯特里普三大奥斯卡影后史无前例联合出演同名剧集。
荣膺 75 届金球奖 、69 届艾美奖最佳剧集。我们每个人都在说谎！
你说过什么样的谎，你就是怎样的人

THE HUSBAND'S SECRET

他的秘密

[澳大利亚] 莉安·莫里亚蒂 著　刘昭远 译

每一个“悬疑必读”书单上都有《他的秘密》
《大小谎言》作者，澳洲小说天后莫里亚蒂成名作。
有些秘密注定要永远保守下去，除非你做好了失去一切的准备。

JENS CHRISTIAN GRØNDAHL

TAVSHED I OKTOBER

沉默的十月

[丹]J.C. 龚达尔 著　苏莹文 译

最擅长书写爱情和婚姻的丹麦当红作家龚达尔情感力作

如果没有欺骗，没有背叛，那么，是什么让我们不爱了？

PER PETTERSON

UT OG STJAELE HESTER

外出偷马

[挪]佩尔·帕特森 著　余国芳 译

国际 IMPAC 都柏林文学奖获奖作品

痛不痛的事，我们可以自己决定。

MIRA BARTOK

THE WONDERLING

狐狸男孩

[美]米拉·巴尔托克 著　王岑卉 译

仅凭剧情大纲，即在出版前以百万美金售出电影版权！

即将被《朗读者》《时时刻刻》导演

史蒂芬·戴德利搬上大银幕！

被《卫报》《出版周刊》誉为“现代狄更斯”的纸上奇迹，不会让你失望哪怕一秒钟！

他能洞悉世间万物的秘密，却找不到爱他的人。

AUÐUR AVA ÓLAFSDÓTTIR

ÖR

寂静旅馆

[冰岛]奥杜·阿娃·奥拉夫斯多蒂 著　黄可 马城 译

荣膺"诺贝尔风向标"2018年北欧理事会文学大奖

冰岛版《一个叫欧维的男人决定去死》

人人都有自己的仗要打，当我和你在一起的时候，我想变成自己七岁时梦想成为的那种英雄

BRIT BILDØEN

SEVEN DAYS IN AUGUST

八月七日

[挪威]布莱特·比尔顿 著　姜佳颖 译

一对夫妇的盛夏七日。暴雨如注后，一定与过去和解。

当代挪威最不容忽视的女作家

2018年都柏林文学奖入围作品

即使在最亲密的怀抱里，最终也只能独自前行。

SARAH WINMAN

WHEN GOD WAS A RABBIT

那时上帝是只兔子

[英]莎拉·书曼 著 温凯尔 译

横扫11项图书大奖！凯特王妃私房小说

从4岁到33岁，一对兄妹如星月般的守护和陪伴

那些成长中的甜蜜与苦涩、困惑与孤独，

这本书都帮你说了出来，让你读完只想把它抱在胸口

武志红

WHY FAMILY HURTS

为何家会伤人（百万畅销纪念版）

武志红 著

知名心理学家武志红
从业 25 年来公认口碑代表作！
1,000,000 册畅销纪念版，
中国家庭问题第一书！

家是港湾，爱是退路。

NICHOLAS D. KRISTOF & SHERYL WUDUNN

HALF THE SKY

天空的另一半

[美] 尼可拉斯 · D. 克里斯多夫 雪莉 · 邓恩 著
吴茵茵 译

每一个地球公民的必读书。——比尔 · 盖茨
普利策新闻奖得主讲述女性的绝望与希望。

A PATH APPEARS

走的人多了，就有了路

[美] 尼可拉斯 · D. 克里斯多夫 雪莉 · 邓恩 著
张孝铎 译

普利策新闻奖得主、美国畅销书《天空的另一半》作者重磅新作。
讲述微小个人也能让世界变得更好。
帮助他人所带来的力量，最终也能帮助我们自己。

ROBYN DAVIDSON

TRACKS

我独自穿越沙漠，领略了安全感和自由

[澳] 罗宾 · 戴维森 著 袁田 译

一个女人 9 个月穿越 2700 公里沙漠的史诗般旅程。

“我要剥除所有的社会支撑，不要被保护，学着依赖大地，学会尘土飞扬地玩耍和响亮地放屁。”

ELEANOR ROOSEVELT

YOU LEARN BY LIVING: ELEVCEN KEYS FOR A MORE FULFILLING LIFE

生活教会我

[美] 埃莉诺 · 罗斯福 著　唐磬 译

美国前第一夫人埃莉诺 · 罗斯福写给年轻人的生活之书

恐惧、时间、女性、教育、独立、内心建设、自我实现，字字质朴，句句有声，影响五代美国年轻人。

CHARLOTTE SLEIGH

PAPER ZOO:500 YEARS OF ANIMALS IN ART

纸上动物园：大英图书馆 500 年动物图志

[英] 夏洛特 · 斯莱 著 王岑卉 译

世界文明的诺亚方舟，荡气回肠的自然史诗！

穷尽大英图书馆馆藏，从 1.5 亿件手稿、印刷品、珍本书中甄选出 350 帧稀有画作！

自然艺术奇书，视觉上的一次豪餐盛宴！

CHERYL STRAYED

WILD

走出荒野

[美] 谢丽尔 · 斯特雷德 著
靳婷婷 张怀强 译

连续 126 周盘踞《纽约时报》畅销榜！
仅美国就卖出 300 万册！
罕见地横扫 17 项年度图书大奖！版权售出 40 国！
每个人的生命中，都有一片荒野，
需要你自己探出一条路来。

CAITLIN DOUGHTY

SMOKE GETS IN YOUR EYES

好好告别

关于死亡你不敢知道却应该知道的一切

[美] 凯特琳 · 道蒂 著 崔倩倩 译

媒体力赞：“大开眼界”“一本改变你死亡观的书”“不被道蒂的讲述启发是不可能的”“让你一路笑不停的奇书”！！

我们越了解死亡，就越了解自己。

TAKESHI KITANO

北野武的深夜物语

[日] 北野武 著 李汉庭 译

李现、蔡康永倾心推荐，窦文涛在《圆桌派》与梁文道、许子东热情讨论的话题之书
日本殿堂级导演北野武诚意讨论梦想 、艺术 、文化、生命、专业精神、人生价值等话题。
虽然很辛苦，我还是会选择那种滚烫的人生

KRISTIN KIMBALL

THE DIRTY LIFE

耕种 食物 爱情

[美] 克里斯汀·金博尔 著 姜佳颖 译

诗意生活的典范、美国极具影响力的田园生活家克里斯汀·金博尔畅销代表作。

“我想要一个家，有一间房子，有青草的气味，有晾在绳子上的床单，有一个在喷洒的水中跑过的孩子。”

吴晓乐

你的孩子不是你的孩子

吴晓乐 著

一位家庭教师长达八年的观察，九个震撼人心的真实家庭故事。

数月雄踞博客来总榜 No.1，同名网剧被称为“中国台湾版《黑镜》”。

这世间最可怕的伤害，打的旗号叫“为你好”

big fish studio
磨铁图书旗下品牌

大魚讀品

出 品 人｜沈浩波　　主　编｜冯倩
产品经理｜魏凡　任菲　李一巍　汪欣　施然　郭城　刘洋　马怡爽　宋如月
营销编辑｜高蒙蒙　何宇琪　叶梦瑶
书目设计｜付诗意　沐希设计　蔡云璇

微 信 号｜大鱼读品 BigFish　　微 博 号｜大鱼读品 BigFish
豆瓣小站｜https://site.douban.com/249541/　　联系邮箱｜bigfishbooks@163.com
地　　址｜北京市西城区德外大街 83 号德胜国际中心 B 座 10 层

八月七日

Seven Days in August

Brit Bildøen

[挪威] 布莱特 · 比尔顿 ——————著

姜佳颖 ——————译

北京联合出版公司
Beijing United Publishing Co.,Ltd.

人有多脆弱，就有多渴望。

目录

周四

THURSDAY

索菲透过绿颈酒杯打量着起居室。这时候奥托从厨房里叫她，让她把餐桌摆好。奥托更喜欢普通的酒杯，他觉得绿颈酒杯太小了。但索菲觉得用这套从祖辈那里继承的历史悠久的杯子是一种享受。这套杯子摆在桌上实在令人赏心悦目，不知怎的，就连里面的酒都有了不一样的味道，每一口都弥足珍贵。透过酒杯，整个起居室盈溢着绿色。她感觉几乎要失去平衡了，便把酒杯放了下来。奥托又叫了她一次。

"知道了！"她答道。

他们一起把椅子拉出来。奥托把鳕鱼和土豆泥摆在盘子里，一条条腌辣椒铺在鳕鱼下面，就像鱼片上延伸的一道道伤疤。鳕鱼白得像瓷器一般，土豆泥里填满了黄油。

“什么时候开始？”奥托问道。

“八点，”索菲说，“但我感觉我应付不了。”

“应付不了？这不是问题的关键，对吗？”

“没错，我猜我必须去。”

“必须去还是必须不去？”

“必须去。”

“你知道的，我也不太想去。”

“如果我不去的话，会被当成一种抗议。”

索菲把叉子戳在土豆泥上，打起精神，把食物送入嘴中。

“你胳膊上是什么？”奥托突然问道。

索菲狐疑地看着奥托，然后往下看去，看到右手腕上戴着的一个宽大的木质手镯。她把它往上推了推。

“哦，不过是让虫子叮了一下。”

“不是蜱虫吧？看起来情况不太好。也许你应该去医院检查一下。”

“它看起来这样不过是因为我一直挠它罢了。我清理过了，很快就会消肿的。”

奥托叹了口气，没再多说。这时一阵汽车经过的隆隆声从楼下街道上传来，又慢慢远去。

阳台的门啪的一声打开，空气和噪声缓缓渗入。街道上的灰尘伴随着空气飘进来，在相框顶部和书上留下了一层薄薄的灰色阴影。不过这也正是他乐意看到的。他们生活在充满艺术气息的白墙内，但是并没有一道密不透风的屏障把他们与楼下街道中五彩缤纷的生活隔离开来。搬进来两年后，他把阁楼也买了下来，并修葺一新。奥托仍然能够感受到这项工程的余韵在肌肉里快活地跳动。他和索菲经常说，他们选择这片街区是因为它充满活力，各种各样的人生活在这里。有些人会称之为多元文化，但奥托一直对这样的措辞很谨慎。他很反感索菲经常用的一个词，叫作“社会树冠”，是她从某个参加展览的贵妇人那里学来的。由于她懒得解释这个词的意思，因而人们很少能理解她的笑话，很多人认为索菲根本不懂怎么开玩笑。那位贵妇人一语双关，意思是她栖息在社会的上层树枝，也就是社会的“树冠”上。她称自己是特权阶层的一分子。“我们生活在这里，在最高的树枝上，俯瞰着城市的屋顶，我们清楚地知道，我们是社会树冠的特权阶层。”他们带客人参观的时候，索菲经常这样说。有时候她会加上一句：“假如我们仍然住在西边，我们会感觉离树干近一些。”她从来没有注意到她说这些话时，投向她的那些狐疑的目光。然而，奥托注意到了。

“这些天路上的车好像变多了。”索菲说。

“很多都是改道的车。新街区建好之后这种情况就会好很多。”

“是林苑。你没听到他们都把它叫作‘林苑’吗？没有什么街区住宅楼或者公寓了，现在人们都把它们叫作‘林苑’‘花园洋房’或者‘园林别墅’。”

“随便吧。”奥托耸了耸肩。

索菲去换在展览开幕式上要穿的裙子，奥托跟着她到楼上去换一件衬衫。衣柜的门敞开着，她在衣柜前站定，端详着一排黑色礼服。她到底有多少条这样的裙子？她用哪些标准来确定究竟穿哪一条？对于奥托来说，这些裙子看起来都差不多。

“你觉得你不得不去，是因为卡琳吧？”他说着，帮她拉上裙子背后的拉链。他喜欢看她绾起头发不让拉链夹住的样子。一种干燥的清香从她的颈间飘来，奥托顿时感到自己整个人都沐浴在了温暖的阳光里。

“怎么说呢，这其实是我负责的部门！但没错，这个秘密的开幕式是卡琳的主意。当然了，其实也并没有什么秘密可言。每个人都以为自己收到了独一无二的邀请，或者认为自己是因为有熟人才进了被邀请名单。当他们发现这个展览基本上谁都能来的时候，肯定会发飙的。”

“那我至少还可以期待一下欣赏他们进来时的那副表情。”

“展览的照片都非常精彩。”索菲说，“实际上，有些视频非常……”

“人山人海的，我很可能什么都看不见。”奥托打断了她。

说完，他便下楼去厨房煮咖啡了。他对着热咖啡吹了吹，眼镜瞬时蒙上了一层雾气。

“德普会在展览会上演奏。”索菲拉开了他旁边的那个凳子。

“你怎么到现在才告诉我？”

“这是她的另一个主意。”索菲咕哝着，抿了一口咖啡。奥托用的是那套黄色的摩卡咖啡杯。

“真不敢相信！你都还没怎么宣传今天晚上的精彩之处呢，但是听起来就已经棒极了。那个艺术家自己呢？她真是只小野猫。不知道到时会不会有什么好戏看呢？”

“你是想到上次她……”

“咬了文化部长！”他笑了起来，“讲讲那次咬手的事，那可是给你们饭碗的手啊！”

索菲慢慢地摇了摇头。奥托打量着她。

“不是……你担心它会成功，是这样吗？你担心卡琳会占上风？”

她投过去一个充满挑衅意味的眼神。“卡琳想怎么成功都可以，只要她别用它来给我施压。我担心的是这个。我厌倦了阴谋诡计，厌恶至极！”奥托轻轻拍她的背。索菲把他的手推开。

“我们该走了。”

楼梯间有的地方很黑。这里的租户很少会抽出时间来把自己楼层的灯泡换掉，尽管合同规定他们有义务这样做。奥托绕了一大段路，才避开他们楼下租户门外的大袋垃圾。索菲没忍住，轻轻踢了一下垃圾袋，结果袋子里的咖啡渣就溅落到了门垫上。

“干得好！”奥托说。

由于时间比较紧，他们决定骑自行车去。然而索菲很快意识到，她的礼服不是实用的骑行装备，太短了。但去博物馆的路大部分是下坡，所以她决定踩踏板的时候双腿并拢，这样可以端庄一点儿。

七年前，他们刚搬到延斯别尔克斯大街的时候，索菲到她工作的地方步行只需三分钟。她开始在博物馆工作跟他们搬到特因街区大约在同一时间，都是在博物馆选址布耶维卡并搬过去之前。感觉好像已经过去很久了，就像上辈子的事一样。确实是上辈子的事。这么多年来，这个地方已经变了，但很难准确地指出究竟哪里发生了变化。也许是他们开始用不一样的眼光来看待周围的一切。这个地区一直有些破败，纸和塑料在街上跌跌撞撞地转圈，汽车在路上横冲直撞，行人不管不顾地横穿马路。她骑自行车穿过特因大街时一直处于戒备状态。她这样做不是没有道理的，刚刚就有人一下子出现在她车前。索菲用力刹车，后轮发出了“吱——”的声响。一个身材瘦长、穿着红色 T 恤的年轻人向她投来一个惊恐的眼神，然后迅速换了一种表情。他嘴里咕哝着什么，然后一声咆哮从喉咙深处翻腾出来。他翘起下巴，用手狠狠地砸了下她的车把，然后走开了。

索菲的双脚刚才如同钉在地上一般，现在开始颤抖了。一群刚刚还在高声说话的男人安静下来，停下来看着她。他们的脸上浮现出某种表情，似乎是带着期盼的神情，索菲不知道该如何解读这种表情。她一只脚蹬地，另一只脚跟上来，勉强让自己挪动脚步，继续骑车。奥托毫不知情，他已经穿过了她停留的那个十字路口，远得她几乎看不见他的背影了。

她追上他的时候，他正在桥上等着。

“是裙子让你骑不快吗？”

“不是。是那些该死的横穿马路的人，就好像他们无论走到哪儿，面前都有一块无形的红毯铺开。我差点儿撞到一个人，而且这已经不是第一次了。”

“啊！”

“这条裙子，”她的声音几乎是支离破碎的，“这条裙子是最不成问题的问题。”

“抱歉我没有等你。”奥托说。

她深深地吸了一口气。“没关系，”她看了看手表，“八点了。”

“我们就快到了。”他说。

傍　晚

在潮湿的秋夜里，博物馆的玻璃幕墙看起来很沉闷。从桥上看，那个建筑似乎在水面上倾斜而出。但随着他们越走越近，它似乎又挺直了。一条横幅挂在门口，上面的字是大地色的。待到近前，他们才辨认出上面写的是什么。先是“黑暗挪威”，然后是艺术家的名字，“珍妮·韦格尔曼”。这是一个系列展览的第一场，主要展示挪威艺术家对爱德华·蒙克的艺术主题的阐释。珍妮·韦格尔曼对荒凉与黑暗进行了深刻解读，她的作品中充满了忧郁、暮色元素。她是一名摄影师，她的作品刻画了荒芜的被积雪覆盖的森林道路，上面有时还带有人或车辆经过的痕迹。她的视频是黎明时分在公园小巷拍摄的，一两个人倏然而过，身影一片模糊。这些作品看起来很黑暗，所以很符合这次展览的主题。评委们很喜欢这些作品。

索菲喜欢这个展览，但是对这个概念本身持怀疑态度。这个系列展览的第一场题为“我们时代的忧郁”。太肤浅了，索菲想，太简单了，也太表面化了，向挪威艺术家们发出这样的呼叫实在是太尴尬了。然而，她是博物馆里唯一提出这些批判性问题的人，在过去的几天里，挪威人和外国记者对这个展览显示出的兴趣令人难以置信。

无论如何，现在的一切都是卡琳说了算。他们进来时看到了她。她看起来就像穿着红色连衣裙的感叹号，身上的一切似乎都是笔直的，她的颧骨、她的肩膀、她的臀部，以及她裙子下面突出的棕色膝盖。她身材纤瘦，但并不是皮包骨头。她正迈着敏捷的步伐向他们走来，两只胳膊伸向他们。她亲吻了索菲的两颊，就好像她们不是每天都见面一样。奥托获得了同样的待遇，外加一句恭维话：

“衬衫很漂亮！”

“谢谢。当然，这是索菲……”

他的衬衫是淡蓝色的，接近银色，但卡琳的注意力已经游离，飘向了人群。她站着，紧张地将重心从一只脚转移到另外一只脚。对于卡琳，奥托好像说过什么，索菲虽记不清楚了，但有这种印象。他好像说卡琳很美，颧骨很高，只有来自卑尔根的女孩才会这样。索菲从来没有嫉妒过卡琳，也没有想到奥托会被她吸引，尽管他不止在一个场合称赞过她高高的颧骨。高得惹人生气，索菲现在想，她注意到卡琳用厚厚的一层腮红来突显颧骨。

“看，卡琳，大家都来了！”

“是的，确实超出了我们的预期！”卡琳向他们两个人飞吻，然后消失了。索菲注视着她离开的背影。那是她自己家的一位客人。索菲不知道自己是大声说出来了还是仅仅在脑袋里想了想。奥托向一群聚在一起的记者致意，其中一个近乎是筋疲力尽、软绵绵地挥了挥手，可能想要显得不冷不热。

“年轻的行尸走肉。”奥托咕哝着说。

“老迈的青年。这不正是这一代应该代表的新的真实吗？”

“好吧，无论如何，疲劳是真实的。”

“他们已经知道了。”

“知道什么？”

“卡琳蒙骗了他们。”

“呃，他们看起来不像有多生气。”

索菲立刻感到一阵深入骨髓的疲惫。人墙看起来难以穿透。喧嚣的声音在崭新的荒芜的大厅里回响着。值得庆幸的是，会场有一个小小的展台，一个年轻女人正在供应起泡酒。刚喝下一口，索菲就觉得整个人都精神了。突然间，一只温热潮湿的手碰了碰她的手臂。

“你好，老板。”

是阿斯蒙德。他穿着格子衬衫。无论在什么场合，他总是穿着格子衬衫，而且是长袖的。他是一位策展人，是跟她关系比较好的策展人之一。他不仅爱开玩笑，在她被任命为展览和藏品组织部门的负责人时，他还是唯一没有突然对她改变态度的同事。即使是现在，几个月过去了，人们还在绘声绘色地谈论她的升职。索菲怀疑他们所有的评论和鼓励都暗含讽刺。但阿斯蒙德是少数几个在说话时让人备感真诚的人。索菲不知道该跟他说些什么，所以只是点了点头，举起了酒杯。

“每个人确实都很开心。”阿斯蒙德挥挥手臂，扫向整个房间。

“是吗？那么我们也应该表现出开心。”

阿斯蒙德举起酒杯，轻轻碰了下她的酒杯，并眨了眨眼，酒杯叮当作响。

“致爱德华。”

“致爱德华。”她认真地回应。他站在我这一边，她想，但很快她就对此产生了怀疑。

“就连文化部长心情好像也很好。”

“文化部长？文化部长在这里吗？”

阿斯蒙德点了点头，指了指文化部长。索菲一开始还是没有看到文化部长，但她看到了奥托的背影，他正自己一个人转来转去，仔细观赏展品。她居然没有注意到他离开了自己。奥托站在一幅巨大的照片面前，照片上是积雪覆盖的森林公路附近堆积的一堆原木。由于某种原因，原木的切割表面让照片看起来很明亮，反衬得雪就像灰色的一样。树真的有这么亮？奥托想起家里等待他处理的文件，该死的乌拉恩事件。他渴望了结这件事，或者至少有个大体的解决思路，但这类事件从来没有真正了结过。他和文化部长擦肩而过时互相点了点头。索菲没有提到文化部长会出现在开幕式上。奥托转身寻找妻子，她正在和她的同事说话。那个人的名字他记不起来了，是奥斯吉尔，还是阿斯吉尔？索菲在那个人身边显得很娇小。她站在那里转动她的手镯。她紧张的时候总是会摆弄她的首饰。她跟别人说话的时候总是会转动她的婚戒，就好像她要把自己拧到地里一样，奥托经常对此感到恼怒。

索菲意识到自己正在挠手镯下面被叮咬的地方。阿斯蒙德注意到了。

“是蚊子叮的？”他问。

她想说点儿什么，但还是打住了，只是点了点头，把手镯挪到别处，不让它磨到被叮咬的地方。卡琳邀请了文化部长却没有通知她？文化部长打算说些什么吗？正式的开幕式是在明天。索菲的视线一直追随着卡琳。卡琳在人群中灵巧地穿行，就像一根红色的线把各个群体连在一起。卡琳一定是注意到了她的目光，因为她突然向索菲和阿斯蒙德刚刚建立的安全区域走来。索菲又开始转动她的手镯了。

卡琳凑近索菲的耳朵。

“文化部长的事……”

“我不知道他会来。”

“我也不清楚，直到今天下午才知道。不过如果邀请他说几句的话……”

索菲眉头紧锁，但点了点头。不一会儿卡琳就站在白色的临时演讲台上，它就像一块魔毯一样低悬在地面上方。卡琳直接开始讲话，都没有咳嗽一声或敲敲麦克风示意一下。索菲听到了人群中善意的窃窃私语，想起她被任命为部门经理之后第一次绩效评估时的场景。卡琳表达了她能够亲力亲为举办展览会、直接面向公众的兴奋之情，这让索菲之后很难处理她们之间的紧张关系。她知道卡琳觉得自己受到了轻视。索菲也知道，大多数在博物馆工作了一段时间的人会认为，卡琳长期以来的一线工作比索菲的研究工作和发表的众多作品分量要重。

“我们今天还有一个惊喜，文化部长想跟大家讲几句话。”卡琳以这句话作结，退到一边。文化部长拿着一束长长的暗红色剑兰现身，他走上演讲台时失去了平衡，卡琳赶紧将花束从他手中接了过来。

“是的，经历了这位艺术家和我的前任部长的事以后，我还敢露面向她表示问候，确实是一个惊喜。”文化部长在观众的笑声和嘘声中开始了他的讲话，“但因为这是一个特殊的场合，我还是想抓住这个机会。”他继续往下说，紧张地眨着眼睛，并从灰色西服的内袋中取出一张纸条。索菲觉得他本人看起来就有点儿像一枝花，他身形单薄，歪着头站着，显得头重脚轻，就像一枝被独自插在玻璃花瓶中的郁金香。他的演讲让她很高兴。那不是典型的部长式演讲，试图把博物馆的功劳揽在自己身上。他的演讲是关于蒙克的遗产的，人们普遍认为蒙克的遗产对这样一个小国家、这样一个小小的首都城市来说太过沉重，难以承受。“我们，我指的首先是政客，更倾向于看到问题，而不是机会。我们看到价值之前，会先看到成本。但是你们看，”他指着周围的艺术品，“看看这位伟大的艺术家有着怎样的影响，她如何赋予我们灵感，如何塑造着我们，不仅影响了一代代艺术家，更影响了我们整个民族，让我们能够将我们的生活方式、我们这些住在遥远北方的奇特的人的生活状况：寒冷，疾病，挣扎，还有太阳、夏日的阳光、雪中的亮光、夜晚的灯光，以及我们脸上的光，变成一种永恒的印象。”在文化部长的演讲中，人群已经归于沉寂，他们站着环顾四周，珍妮·韦格尔曼的摄影作品在周围的墙壁上熠熠生辉，闪闪发亮。索菲瞥了一眼阿斯蒙德，他正在用手指敲打着酒杯。阿斯蒙德感受到了她的目光，轻轻地点了点头。

然后珍妮·韦格尔曼走上了演讲台。她的白发一如既往地乱如杂草，她的皮夹克也是白色的，她的眼睛化着浓浓的妆，看起来就像苍白脸上的两个黑色池塘。她看起来并不完全无害，不过，观众得到了出乎意料的乐趣。花束已被交还给文化部长，而他不得不弯下腰把它递给这位艺术家，因为他比她高整整一头。当他弯腰的时候，她用双手抓住了他的头，吻上了他的嘴唇。这是一个漫长而热烈的吻。因为他双手捧着花束，所以什么都做不了，只能用花束将她推开。因此，在试图逃离珍妮·韦格尔曼的魔爪时，文化部长看起来就像是试图用剑兰挖出她的眼睛。相机的快门一闪，照亮了他们的脸。文化部长匆忙跑下演讲台，艺术家把脸藏在了那束剑兰后面，其中几支剑兰在刚才的“混战”中被折断了。

索菲在喧嚣的人群中艰难跋涉，希望能找到文化部长，乞求他的原谅，弥补他们的错误。感谢他精彩的演讲，可惜在这次小小的艺术叛逆之后肯定没有人记得了。然而，他和另一名穿西装的男子已经在往外走了。索菲差点撞倒文化部长的一个公共事务交流官，那是一位她想不起来名字的年轻女性，当时那个公共事务交流官正在与一个记者争论。

“无耻的公关伎俩，真令人难以置信，”她朝着索菲的方向猛烈讨伐，然后又转向那个记者，“你不应该让自己这样被利用……这纯粹是一种宣传的噱头！”

这位记者向公共事务交流官投去一个傲慢的眼神，然后低头看了一眼手机。“那也是个挺成功的噱头。已经发布到网上了。”他说完朝着门口走去。

索菲看到外面开过来一辆黑色的汽车，它将文化部长吞了进去。她只能放弃打算，咕哝道：“好吧，他可是自己主动来的。”

那个女人惊讶地看着索菲，然后噘起嘴，转过身来紧随文化部长而去。索菲颤抖着，抱着自己的手臂，尽管天气并不冷。她回到大厅。三个穿着黑色衣服的女孩在演讲台上安装电子琴、吉他和贝斯。在她们旁边，卡琳与珍妮·韦格尔曼、评委会主席和几个记者聚集在一起。

奥托看着索菲从舞台的另一侧走来。她谜一般地美丽，脸上挂着浅浅的笑意，而她总是隐藏在这样的笑容背后。卡琳总是称她为拉斐尔式的典范。她正朝着他走来，但接着德普开始了他们的第一首黑暗而顽强的歌曲，人群开始聚集在演讲台周围。这个乐队的特别之处在于演奏主打歌曲的速度都非常缓慢，听起来几乎一样，至少听起来一样压抑。奥托看了看卡琳，向她竖起了大拇指。卡琳向他闪现了一个灿烂的笑容。显然，这个夜晚是属于卡琳的。

索菲并不想从人群中挤过去，所以她转过身来，径直朝着房间的后面走去，走向放着饮料的桌子。提供饮料的女孩走了，气泡酒也已经跑气了。索菲到处都看不到阿斯蒙德。音乐从远处听起来很模糊，就像空桶内的振动一样。对于那些出席的人来说，这是一场精彩的演出。索菲知道卡琳和其他工作人员会得出如此结论：博物馆系列展览有了一个好得不能再好的开端，一个可耻的吻，一个狂野的艺术家，一个被羞辱的文化部长，仅存的少数纸媒的头版。只有她一个人觉得这一切很不光彩吗？索菲感觉到她后背下部熟悉的疼痛，臀部的那种刺痛。沉睡的疼痛又苏醒了。她的身体可能要封锁了。开幕式的一些事让她十分烦恼。那个吸力强劲的吻。一个吸血鬼式的吻。

她转身回到了晚会现场，在钱包中翻找钥匙卡，然后向博物馆深处走去。自动扶梯已经关闭了，于是她乘电梯到了八楼的展厅，就像进入一个盒子一样，没有声音，没有印象。索菲慢慢游荡着穿过房间，没有在任何一幅画前驻足，她从来没有以这种方式观赏过它们。它们翻滚着，色彩、光影和生命灾难的碎片奔流而过。刺耳的咳嗽，短促的呼吸，被狂热点燃的眼睛。苍白的皮肤和优雅的礼服，只能暂时掩饰破裂，却难抑腐烂和死亡的气息。美和真存在于同一幅画中，存在于每一幅画中，这才是重要的，索菲想着，继续往前走。美和真可以是同一件事，那就是当它成为艺术的时候。这就是我们努力的方向，坚持这一点很重要。当她穿过一个个房间时她这样想着，忘记了时间，也暂时忘记了那个吻带来的不快。

她在回家的路上试图向奥托解释。他们边走边推着自行车。这时候天还不算黑，但路灯已经亮起，支撑起如悬挂在头顶的帐篷一样的蓝黑色沉重天空。警察局后面的街道几乎是空的。索菲一个人走的时候很少选择这条路线。

“这一切都太……没有意思了。重要的事情不断被丑闻、名人、时髦的事所掩盖。部长想说一些关于艺术的实质性内容，然后……唉，是艺术家本人破坏了它……这简直令人难以置信！”

“任何宣传都是好的宣传，这仍然是真的。”

“但是代价是什么？总是让所有的事情都耸人听闻，把所有的东西都变得微不足道，只是具有登上小报的价值，迎合最卑下的本能？我们永远无法从平庸中挣脱出来。为什么？因为没有人想要挣脱，即使是与有史以来那些伟大的艺术家一起工作的人也是如此。每个人都极度害怕被贴上精英主义者的标签。这就是最糟糕的……”

“你的工作环境让你产生了偏见，”奥托说，“你看待一切问题都是从那个角度。”

“很有可能。”

“卡琳和其他人很可能认为这小小的丑闻对博物馆是有利的。不过，算了吧，选择你自己的战场！”

“那都是从你那里来的。”

“什么意思？”

“没什么，我只是说你看起来很乐意亲身加入每一场战斗，不管是大的还是小的。就好像乌拉恩事件。”

“那个，其实是一个非常难处理的案例。”

“你看对吧。”

他叹了口气。在他们的脚步声之上，还有他的西装外套轻轻掠过自行车铃铛的唰唰声、公交车经过格陵兰街区的轰隆声。这样的叹息表明谈话结束了。这意味着他觉得他跟她的谈话没有什么进展。他听到了自己的叹息，马上就后悔了。他们已经无数次讨论过这声叹息了。

“但是，无论如何，”他急忙说，“你是站在风口浪尖的那个。我可以理解这种感觉一定很讨厌。”

她没有回答。他们路过了最初几年经常光顾的那家印度餐厅。它已经关闭一段时间了，但桌子上仍然铺着桌布，插着塑料花的小花瓶像往常一样摆在桌子上。奥托希望那位和善的店主当初没有破产。他们曾经互相承诺，如果餐厅重新开业，他们一定要比之前更频繁地去那里吃饭。索菲经过窗子，没有往里看。餐厅的名字是贴在窗玻璃上的金色拱形字母，被来往车辆带起的尘埃覆盖着，几乎难以辨认了。

“我希望附近能尽快开一家好一点儿的餐厅，”奥托说，“要是关掉‘好邻居’，把它变成一个舒适的小酒馆就好了！”

角落里的酒吧里面和周围往往充满了喧嚣与躁动。

现在它看起来很安静，但“小可怜”像往常一样躺在外面。那是条总会把头放在脚上的狗，“小可怜”是奥托和索菲给它起的绰号。“小可怜”似乎有一半德国牧羊犬的血统，另一半是别的什么品种，耳朵和鼻子尖尖的，不算是棕色，应该说是黑色的。它几乎每天晚上都在外面躺着，被一根短绳拴着，眼睛追随着路人。奥托幻想着把它放出来带它一起走，把它带回家，给它提供食物，爱它，带它一起在公园里散步，给它一个温暖的家。但“小可怜”已经有主人了，是一个身材魁梧的男人，手臂上有文身，文身一直延伸到脖子下方，蓝色和红色的图案在偾张的动脉中交汇。所以奥托在逃避。他总是在逃避。我从来没有拯救过任何人，他想。

“舒适的小酒馆。”索菲鄙夷地重复着这句话，“你知道吗，昨天我从门口进来的时候，里面有一个男人在小便。就在光天化日之下，他就站在那里，在我马上要进来的地方，摇晃着他的脚跟小便。你认为有人会在这样的地方开一个舒适的小酒馆吗？”

“你怎么做的？有没有吼他？”

“吼一个那玩意儿还露在外面的男人？”

“不，你不可能那样做。你可能只是耐心地等他结束。”

“不，我没有！我骑了很长时间的一段路，绕着坎蓬走，生气极了。直到小便在地上浸透了我才回来，但那股恶臭还在。现在也还在！”

他们正穿过铸铁大门往回走。门在铰链上发出尖厉的声音。闻起来确实有尿液的气味。

“在这种情况下，也许我们应该搬走，”奥托说，“去坎蓬。或许我们真的应该认真考虑这件事了？”

索菲没有回应，他们把自行车推到了停放处。在他们后面，白桦树沙沙作响。这两棵桦树是庭院里的骄傲。几片黄叶落在宽阔的花园桌上。是不是太早了？但是夏末已经很干燥了。

“我们不会再年轻了，”奥托继续说道，“几年之后，这么多层楼梯对我们来说可能太多了。”

通过她拨弄自行车锁的哐啷哐啷的声音，他可以看出她不喜欢他的话。当索菲和别人谈起自己和她的丈夫时，她一般会说他们四十多、五十多，而事实上她已经快五十岁了，而他很快就要六十了。奥托觉得她实际上是在否认，拒绝他们正在变老的事实。他曾经大着胆子就此话题跟她进行过一次认真的讨论。“但是奥托，我们会老很长很长时间。”她曾经这样说，“我们会老那么长时间，甚至是几十年，这样的时间还不够长吗？我们必须在这个时间到来之前就开始老吗？”对此他无话可说，他不能说出他一直在想什么。他们已经老了。当他们失去玛丽的时候，就已经过早地被抛入衰老的行列。

登上台阶之后，索菲走向厨房烧水沏茶。奥托瘫在读书椅上，很快就深陷在报纸中。他甚至没有注意到索菲在他桌子对面放下了一个杯子，直到茶变凉了，她已经睡了。

夜　晚

索菲最初不知道是什么吵醒了她。房间很黑，外面的街道一片寂静。她记不清她梦到了什么。在她旁边，奥托的呼吸平稳而安静。索菲试图停止思考。如果她能设法斩断思绪，放松下来，她可能会再次入睡。她转过身来，放松自己的身体。也就是在那个时候，她注意到手臂上有敲击的感觉。呃，也许不能确切地说是敲击，但还是有种感觉，一种压力。她能感觉到她胸部的心跳和右臂的脉搏。是被叮咬的那只手臂。她用左手抚摩它。右臂很温暖，但是手腕上方可能有点儿肿胀。这一定是她醒来的原因。她之前一直压在这只手臂上，它已经麻木了。她平静地呼气，试图再次进入梦乡，从床上，从她的思绪中，从把她留在那里的一切中，悄悄溜走。

但是没有任何刺痛感，索菲想。当神经被刺激、被重新唤醒的时候，通常会有刺痛的感觉。她起身轻轻走到浴室里，打开灯，坐在马桶上，没有什么感觉，只是听到了一条细细的水流顺流而下。她也许应该放弃在晚上喝茶的习惯，即使是温和的绿茶也会让人睡不好觉。她把两只胳膊伸到面前，比较了一下，没有发现有什么差异。被叮咬的伤口周围有一些肿胀，看上去更像是凸起或肿块。伤口周围没有红色的圈，看不出来叮咬的痕迹。如果周围出现了红圈，那就危险了。她不能带着这样的伤口去看医生。就是这样一个小小的肿块，她一直挠到流血。索菲擦了擦，走近水槽，把前额靠向镜子，让凉水顺着她的手腕和手往下流。她在柜子里找到了一些消毒剂，瓶子几乎空了。它在那里已经很多年了。它被稀释了，而且放得太久了，可能没有任何效果了。她将瓶中剩下的液体直接倒在伤口上，大部分洒落到了水槽里。她一定要记得多买点儿。还有碘酒，碘酒不是效果更强吗？她拖着脚走到厨房，找到了炉灶上方搁板上带有购物清单的便笺本，她开始列单子了：伤口愈合软膏、碘酒。伤口看起来还是很吓人的，所以她急匆匆地写下另外一些东西，洗涤剂、橄榄油。

厨房在晚上似乎改变了，就像其他所有东西一样。吧台上方刺眼的灯光没有延伸到很远的地方，至少没有进入起居室。奥托的外套挂在椅子上，看起来就像是一个有生命的存在。就好像椅子和外套已经合并成一个新的生命形式，一种有着一半生命的生物，看着她，跟着她从这个窗户走到那个窗户，向外看。她希望外面出现什么呢？不寻常的东西。那就是她想要的。一种惊喜、一种改变。她的眼睛已经厌倦了这一排排的房屋，这些不同高度的屋顶，还有为地平线抹上灰泥的建筑起重机。这些毫无生气的、昏睡的街道，她想把这些抓住拉到一边，就像拉开舞台幕布一样，窥视其后面的东西。一个新的城市。一个新的夜空。或者是一片广袤开阔的平原，青草在微风中荡漾。一个人变成了他所看到的东西。她感到自己僵化了，就像黑暗的城市一样。

但她能感觉到黑暗即将退却。至少那也是一种变化。黑暗退却，时间到了就会如此。然而黑暗从未远去，它只是暂时退缩，躲在山脊后，盘踞在山洞里，伺机东山再起，吞噬一切。现在它聚集在地平线附近，愈加浓重，准备撤退。索菲额头靠在玻璃上，意识到它刚刚擦过窗户。它会留下一个印记。她打了个哈欠，靠得更紧了，她可以感觉到内心的搅动与震荡，想要给它取一个名字。淡淡的焦虑，也许可以这么讲。如果有淡淡的焦虑这种东西，那么它应该会和浅浅的忧郁有关。是谁谈论过浅浅的忧郁来着？那应该是什么意思？索菲深吸一口气，呼出。玻璃上留下了另外一个印记，那是她呼吸中的水汽。她亲吻了这个印记，那么印记中又有了另外一个印记——她的嘴唇留下的印记。浅浅的忧郁一定是在夜晚蔓生的那种疲惫与悲伤，最后可能是在一个明媚温暖的夏夜，客人离开，酒杯收起，台布从桌子上撤下。那个人会一下子意识到，这个夜晚是成功的，但是现在，它结束了。

一辆白色的送货卡车在街道上缓慢行驶。看到这种车辆仍然可能会触发她的恐慌。但是很快，她就听到了一捆捆报纸投掷在干涸的喷泉广场上的声音。那是蓝色的报纸推车存放的地方，靠在一排栅栏旁边。不久它们就会吱吱响着向整个街区走来。那暗淡的晨光在喷薄而出之前覆盖一切的那层薄薄的膜，是如此脆弱。在最初的几年里，这些夜间作业有着一种与其他作业不同的节奏——更加短促。她曾被无法忍受的想法和疼痛的背部所困扰，不得不快速地来回走动，好像至少要蹚出一条路来。现在她的血液和思想能够更冷静、更自由地流动。她可以看到他们的公寓大楼就像一艘船一样，上面载着一群睡眠中的乘客，穿过未知的水域，穿过黑暗，驶向崭新的一天，驶向一个崭新的港口。但突然间，她看到的不再是一艘夜间航行的船，而是生命本身，在全速前进。

没错，悲伤会随着时间而消退。没错，悲伤也会越来越强烈。

索菲在起居室和书房之间来回走动。房子看起来空空荡荡，尽管墙上装饰着五颜六色的画，也摆放着时尚的家具，还有她从祖父那里继承下来的古怪的小雕像和半身像，陈列在书架和底座上。桌子上，一束万寿菊喷薄出灼目的橙色。窗台上有一个金鱼草花瓶，清新而精致，就像玻璃杯一样。尽管如此，房子仍然缺少生气。很简单，就是缺少人的痕迹。地板上散落的玩具，压碎在地毯上的面包屑，背包和丢弃的袋子，桌面上一包包已经过期很久的黄油，体育装备挡住了进入客厅的路，家具由于房间中不停打转的旋风而站得歪歪斜斜。它缺乏生命，因为那里没有人。只有幽灵，只有阴影，只有那些本来可能存在的一切。

只有他们两个，奥托和她。这个问题她总是试图逃避。她已经变得善于思无所思，她已经练习好几年了。但有时候这个问题会紧逼上来，在蔓延的晨光中，又一次不知不觉地出现在她面前。他们是否应该留在那间房子里，那间玛丽曾经和他们一起生活的房子？当他们做出决定的时候，索菲绝对清楚，她不能继续生活在一个承载这么多回忆的地方。所以，这意味着她必须离开那间房子，那个她的女儿曾经蹦蹦跳跳、睡觉、玩耍、吃零食、哭泣、唱歌的房子。索菲靠在书柜上，轻轻地把头磕到书上。她现在仍然会坚持这是她不得不采取的决定。这并不意味着它不让人痛苦。这并不意味着伤口不会每天重新裂开。就在最近，在填写表格的时候，她碰到了一个问题，问她是否有孩子。她站在那里，没有动，盯着表格，没有办法下笔。两个选项要画掉一个，是或者否。她不知道该去问谁。就算能找到，她要问什么？告诉我，我有孩子吗？还是我没有？

还有更多的问题。有一次，这些问题钻进了她的头脑……她是不是应该更坚定地再生一个孩子？是的，她本应该这样的。他们当然应该再有一个孩子，她和奥托的，趁时间还来得及。但起初他拒绝了，态度惊人之激烈，后来是她犹豫了。他们从来没有在这个问题上同步过。索菲再次抱起胳膊，被叮咬的伤口周围变得温热。这是在发炎。这是她的身体必须处理的问题，不管是睡着了还是清醒着。如果奥托知道它是蜱虫叮咬的话，只会不必要地担心。他会小题大做的。蜱虫很小，她曾经试图把它拨出来，但很有可能这个生物的一小部分仍然残留在里面。一旦彻底清洗之后，一切都会变好的。

她任由报纸躺在门垫上，想试着再睡几个小时，和奥托一起迎接清晨的到来。索菲悄悄地爬上楼梯，来到浴室，找到了挂睡袍的衣架。窗帘里透出的苍白光线足以让她看到镜子里一个黑暗的身影，一个穿着蓝色短款连衣裙的女孩。这件衣服实际上是一件长T恤，换洗了很多次，磨薄了、洗旧了，变成了一件破旧而柔软的套子。很快她就将不得不抛弃她最喜欢的睡袍，她会永远找不到任何东西来取代它。

床很冷。她已经离开太久了。

周五

FRIDAY

奥托并没有像往常那样用一杯咖啡来唤醒她。当她下楼走到厨房时，他正坐着盯着手机，眼镜被低低地拉到鼻尖。

“怎么了？”

“我想联系上彼得。他给我发了短信，让我尽快给他打电话，但他没接。”

索菲考虑了一下。

“九个小时了……也就是说，那边是下午，快到晚上了。他说别的了吗？”

虽然奥托用他惯用的缓慢而深思熟虑的方式敲击着手机键盘，但他额头上的皱纹比平常更深，他的下唇向前噘起。他没有回应。索菲打开了那个亮闪闪的咖啡机。它很快就开始发出汩汩声和嗞嗞声，这是她每天在楼上卧室听到的清晨的乐章，那种冒泡的声音，然后是咖啡的芳香，还有奥托上楼梯的脚步声。这是他每天早上送给她的礼物。但是现在他的紧张情绪就像薄雾笼罩在厨房里。父亲和儿子之间通常会保持一个固定的仪式。奥托会在隔周的星期天打电话，在极少数情况下彼得会发来短信。索菲在每个杯子里都加了一匙糖。她拿出的是大的白色杯子，里面有图案，一个杯子里是玫瑰，另一个杯子里是夏天的小鸟。她喜欢把杯子装满，看着小小的图案消失，然后在啜饮的时候又重新出现。当她把其中一杯咖啡放在奥托面前时，她注意到他最近明显变得稀薄的头发乱糟糟的，像网一样。他发出了短信，坐在那里盯着房间，眼神空洞。她坐在桌子的另一边，捕捉到了他的目光。

“什么事都有可能。”

奥托叹了口气。“是的，确实什么事都有可能。”

“无论如何，肯定不是你最害怕的那件事。”

“哪件事？”

“如果潜水出了问题，会有人联系你的。”

奥托又叹了口气。“也不可能是钱的事。要不然不会那么紧迫。”

索菲知道这是一个令人痛苦的话题。彼得很少归还他从父亲那里借来的钱，这一直是奥托恼火的一个深层原因。不是因为奥托没有这些钱就不能生活，而是因为这昭示了他的儿子三十岁的时候仍然没有掌控自己的生活。彼得转到澳大利亚学习时，奥托最初很乐意出钱，因为学费很高。但彼得从来不参加考试，转了好几次专业。随着岁月的流逝，他的怀疑也日益增长，认为彼得的时间更多地被用于冲浪和聚会。当奥托明确表示他不再资助这种生活方式时，彼得完全放弃了他的学业，开始做潜水教练。

“也许他觉得是时候回家看看了。离上次回来已经有一段时间了。”

“两年前的圣诞节。”

“嗯，是那个圣诞节。”

奥托放下手机，抓住咖啡杯。

“我发了一条短信，并在他的答录机上留了一条消息。我现在也没什么可以做的了。”

“也许你可以给艾玛打个电话。如果有什么严重的事情，他可能会联系他的妈妈？”

奥托坐着没有动，但索菲可以看出他内心暗潮汹涌。突然间，他从桌子另一边靠过来，抓住她的手。在他抓到并紧紧握住她的手之前，她没来得及把咖啡杯放下。

“索菲，除了你之外，我不想和任何人说话。你知道，除了你之外，我不会跟任何人说这么多话。全世界除了你，谁都不会。”

索菲想说些什么，但是奥托很快放开了她的双手，就像他抓住它们时一样快，然后走出了厨房。她听到走廊小卫生间的门的声音，钥匙在转动。这是他的领地。奥托的精神也饱受折磨，但他不会表现出来，唯一的迹象就是他会消化不良。索菲喝完咖啡，将果酱抹在面包上，站着吃了起来。这可能会变成晴朗的一天。天空正在变幻，云层开始破裂，细细的一缕阳光像一支闪闪发光的箭一样停留在内索登上空。索菲放下食物，赶紧到洗手间化妆。回到楼下的起居室时，她仍然可以听到小卫生间里的沉默。

“我们今天没能到小木屋去，真糟糕！尽管天气预报说是阴天，但天气看起来好像还不错。”

她大声说着，试了几件挂在那里的外套。她在古着店购买的礼服外套可能会效果很好。外套的袖子很长，能遮住她的手腕，即使伸直手臂也不会露出来。

“我确定在英格维尔德和古纳尔家会过得很愉快。”从里面传来一个声音。

“当然了。答应我，接到彼得的消息马上给我打电话！”

“我保证。”

索菲想再加一句，要他记得在上班前梳一梳头发，但她忍住了。这会冒犯他，而且反正他肯定会忘记的。

她敏捷飞快地跑下楼梯。这栋公寓大楼已经全部翻修完毕，幸运的是，开发商理智地保留了楼梯井高高低低排列的窗户。旧玻璃窗上有一块特殊的镶嵌玻璃。波纹的表面使它们后面的桦树看起来比实际更绿，犹如被光芒笼罩着。

她渴望到绿色的郊外去，到广阔的空间去。根据奥托的说法，他们的小木屋周围有很多灌木和小树丛，当她发现夏天时蜱虫确实比平常更多之后，才同意收拾和清理一下。不过灌木也不是太多，她喜欢小木屋掩映在茂密的树丛之中。现在，她渴望钻进汽车，开到那里，在弯曲的松树下打开一张躺椅，小憩或者读本书，用传统的方式做咖啡。他们为什么去参加那些晚宴？每当他们周六晚上有约的时候，他们整个周末就都不能去小木屋了，即使只有一个多小时的车程。

索菲听到了外门锁上沉重的“嗒”的一声。这里仍然潮湿，空气中有一种不可名状的重量。她在院子里停下来，欣赏桦树的景色。桦树的树干之间沙沙作响。斑驳的光线从成千上万的柔软的叶子之间过滤出来。她深深吸了一口气。再有一个工作日，就是周末了。

在五楼，奥托可以察觉到索菲离开了。首先是楼梯上的脚步声，然后是她与他之间的身体分离总会带来的沉闷的疼痛，就好像每一次分开，都会有再也见不到她的风险。这种疼痛，或者说难过，不管他称作什么，就好像走出门去的是他自己的一部分，这种感觉多年来从未消散。没有什么比她说完再见后消失能激起他更为强烈的情感，而他们共同经历的这件事在向更远的地方延伸。每当他看不到她，或者听不到她声音的时候，他都会感觉到那种恐慌：现在，就在这一刻，他已经失去了她。

他环顾四周，小卫生间的墙上挂满了他们的生活。绿色的墙壁被照片覆盖，这些照片随意悬挂着，一些有相框，一些没有。那些没有相框的已经泛黄了，边缘卷曲磨损。此外还有杂志和报纸的照片和剪报。他一直坐在那里，仔细察看一份日报中关于他的小型采访。那时他刚刚接到关于新职位的消息，他将成为FROM——罗姆人基金会的领导人。那是在五年前，但他看起来比现在年轻多了。奥托对着这份采访报道摇了摇头。最喜欢的歌曲——《权力属于人民》。最近阅读的书籍——《大白鲨》。他们家里有这本书，但是他真的读了全部内容吗？他想到这个书名有可能是因为他的目光停留在了书架上那本书厚厚的书脊上。如果他们今天问他，他会回答什么？他最近读过的一本书是关于种族灭绝的。

他站着的时候，他的双腿提出抗议；他坐了这么久，双腿又变得很僵硬。他在厨房查看了手机。没有消息。他找到艾玛的号码拨出去，她马上就接起了电话。那熟悉、尖锐的声音。他放弃了惯常的问候，直截了当地问她是否接到了彼得的消息。

"没有……有什么不对吗？"

"他只是让我给他打电话，但是他没有接。"

"这并不罕见，不是吗？"

她的声音轻微颤抖。该死，现在他也把她吓坏了。

一时间很安静。

“奥托？”

“嗯，我在。”

“我会尽量打电话给他。”

“不，艾玛，我可以给他打电话。我才是那个他想要联系的人。没必要大惊小怪的。据我所知，这可能与钱有关。一旦我和他通过话，我就打电话给你。”

奥托放下手机，搓了搓手。他的手潮湿而寒冷。外面，阳光照射在凌乱的屋顶上。两只海鸥在酒吧所在的大楼楼顶上争抢着什么，就在街道的斜对面。经过短暂的扭打之后，其中一只飞走了，一片长长的食物从它的喙中悬挂摇摆着。另一只仍然在那里，向前抻着脖子，发出长长的愤恨的尖叫声。在隔壁未完工的大楼里，起重机无声无息地摆动着，巨大的混凝土块从它长长的臂膀中垂下来。奥托看了看钟，离视察只剩下半个小时了。他别无选择，只能放弃吃早餐，出门去坐出租车。

手机上的时钟显示现在是9：43。他们遇到了一串红灯，出租车被堵在了科凯维恩。他本该坐地铁的，地铁应该会很快。总会有一半的街道被封闭，他们总是在这个城市钻孔打洞，把一栋栋建筑物夷为平地，尽管这并没有让居民们觉得有任何改善。

奥托在后视镜中瞥见了自己，可以看到后面有一簇头发翘起来了。他小心地试着把头发捋平。彼得很幸运，他从他母亲那里遗传得更多，厚厚的黑色鬈发，棕色的眼睛，坚挺的下巴。他身上并没有多少父亲的痕迹。他变成了一个陌生人，而奥托原本不必面对这些变化，但是在某个时间点，一切都太迟了。是离婚，是离婚摧毁了这一切。他与儿子的关系变成了一系列后勤问题，受到协议和时间表的控制，沦落到只剩下接和送，以及用某些活动填补短暂的探视时间的纠结。奥托不像索菲那样有创造力。她会想出点儿事情做，安排郊游、比赛、寻宝。她会告诉彼得如何做皮影和折纸，而奥托的想象力仅限于搜寻音像店，找些他们可以一起看的电影。

与索菲、玛丽和近乎成年的彼得重新开始是多么美好。一个崭新的机会，那些充满阳光的日子。作为一个单身父亲的最初几年在他的记忆中渐渐淡去了，一个缄默的小男孩形象只是曾经短暂地停留；额发永远垂下来，遮盖着一只眼睛。但至少他曾经带着这个男孩到户外呼吸新鲜空气。在夏天，他们跋涉到森林里，背包中装着火柴和引火物，还有要在火上烤的香肠。冬季，他们到基库特去滑雪，吃着热乎的软面包，在户外烤箱上烘干弄湿的羊毛长筒袜和手套。彼得从来没有说过他不想参加这些旅行，或者这些地方对他来说太远了，但他也从未提及他期待这些旅行。他的脚很容易起泡，经过一次特别艰苦的滑雪之旅后，他的脚隔着两双袜子还被磨出了血。艾玛发现的时候，非常愤怒，指责奥托虐待这个孩子。她的谴责全面而详尽，揭露了他所有的罪过。他所做的一切都是错的。电影是错的，鞋是错的。很简单，因为父亲是错的。彼得从来不抱怨。奥托后来给他买了更大的滑雪鞋，更好的越野滑雪板，带他感受向前滑翔的梦想，仿佛风在背后推着你前行。星期天的晚餐后，彼得收拾他的包，安静而严肃，没有任何人这样要求他。他总是自己做好准备。从来不会遗忘任何东西。

奥托向后靠，闭上眼睛待了一会儿。他感觉到一切都在旋转。彼得，彼得。上次复活节奥托去看望他时，他晒黑了。他看起来很灵活，但同时又那么疲惫。他的脸很粗糙，紧绷着。太多的啤酒、太多的红肉、太多的太阳和太多随意的女人，奥托和索菲都注意到了。但他们知道什么？奥托侧头朝窗外注视着。街道就像一个战区。行人和司机都在严阵以待，想第一个往前冲。那里有那么多绝望的人。

“告诉我，现在的人比之前更有攻击性吗？”

镜子里的一瞥。司机在打量他，忖度他是什么人。奥托也很惊讶自己问出这个问题，有点后悔了。

“比以前更什么？”

奥托耸了耸肩，咕哝着说他认为情况更糟糕了，更突出了，更明显了。然后交通终于开始松动了。司机踩下加速器，经过一系列急促的操作，车子像脱缰的马一般冲了出去。奥托注意到司机能够一路上都吸着气。他们没有再谈话了，直到他们离开主路，司机需要他帮忙找到通往麦拉德兰的小路。在路的尽头一群人站在一起说话，其中两人正在研究一张地图。

“哦，”司机身体向前倾，“这就是吉卜赛营地所在的地方吗？我最近看到了那条新闻。”

“没错。”奥托干巴巴地说。他已经不想再纠正他们了。没有人使用“罗姆人”这个词了，他自己也几乎不再用了。

“那边有点儿骚乱，就是那儿了！他们这一片的人还不习惯这种事。”

“嗯，你说得对。”

奥托能感觉到司机的一点点同情吗？他叹了口气，给了比平常更多的小费。

“可怜的家伙。”司机说着，把发票递给他。

他是不是指罗姆人？他们很快就不得不再次收拾物品离开了。或者他更关心那些住在那里的人，他们抱怨说他们被迫保护自己的孩子、宠物和花园。在城市的这个地方曾经发生过动乱，当市议会开始着手将一些罗姆人家庭迁入社会福利住房时，发生了大规模的抗议活动。在 1 月气温降到 -20℃ 的时候，他们需要为带着小孩的人找到临时住所。好在一切都很顺利，但有些人曾经警告说这会吸引更多的罗姆人来到这个城市。现在他们会说他们是对的。

自奥托上次到这里探视以来，这里又建立了几个临时收容所。汽车和露营车被杂乱地停放在水渠旁，营地篝火周围人头攒动，非常活跃。他应该去确定一下这个营地在建立的过程中是否有什么不合规范的地方。对于了解到的情况他倒是没有多少怀疑。在该地附近居民和频繁来往此地的人的所有抱怨中，市议会最为重视的是附近日托中心的问题，他们不能再穿过小沟渠进行短途旅行了。

议会主席下出租车时亲切地挥手致意。奥托认出了乌拉恩区的两个人。研究地图的人来自环境部门，他们正在确定营地是否会伤害麦拉德兰自然环境的多样性。

手机响起时，奥托正与他们一一握手。他一只手伸入口袋，另一只手向小组的其他成员挥舞着。

“你终于打电话来了。有什么事吗？”

“有事，不过没那么紧急。”彼得假装让自己的声音听起来很愉快。

啊，那么一定是关于钱的事。奥托感到宽慰，同时也感到失望。他慢慢向山下走着，与其他靠近营地的人保持一定的距离。

“我需要一些帮助……买健康保险……”

“健康保险？你生病了吗？你妈妈说你去看过医生！”

“这么说你跟妈妈谈过了？”

妈妈。一个成年男子说“妈妈”总是让人感觉很奇怪。

“我只是打电话看看你是否跟她联系过。你的信息是半夜发的，联系不上你，我很担心。”

“那她说我有什么问题了吗？”

“没有，她只是说你必须去看医生。例行检查。”

“没错。例行检查。”

奥托在想是否应该深入挖掘一下。总是这样。奥托想说的很多，但能说的很少，他很快就只能挂断电话了。帮帮忙，彼得，他想，说点儿什么吧。然而，耳边除了风声，只是寂静一片。

“彼得？”

“对不起，信号不太好。问题是我没有正式的保险，不像在挪威。”

“你真的从来没有把这一切都处理好……”

他没再说下去。责骂又有什么用呢？彼得说了些什么，但他的声音渐渐消失，耳边静了下来。奥托转过身，想要再爬到山上。

“彼得，我听不清楚。你有什么特别的项目需要检查吗？你能说明白点儿吗？”

“……体检。”奥托只能听到这些。

“彼得，彼得，再说一遍。体检？这跟工作有关系吗？”

“是的。我需要体检来更新我的执照。一个完整的检查。很贵。”

他的声音现在又清晰了。奥托站在半山腰上，感觉到一种比长时间以来的无助感更无力的无助感。如果彼得连健康保险都没处理好，那他都处理好什么了？

“没关系，爸爸。我身体很好。”

爸爸。这个小小的词猝不及防地攻向他。他喉咙发紧，咽了口唾沫。

“好吧，彼得，我当然会帮你。给我发条信息告诉我你需要多少，一到家我就把钱转到你的账户上。”

“谢谢。非常感谢。如果你不跟妈妈说起这件事就最好了。”

“为什么不说？我没法向你保证。她会问我，我不想对她撒谎。你明白吗？”

只有沉默。但彼得仍然在电话的另一端。

“保重，彼得。我会想你的。”

手机滑落到口袋里，就像一条光滑的鱼。几个孩子朝他这边走来，其中有一个七八岁的女孩，他上次逗她玩儿来着，把她逗笑了。现在她正领着她的弟弟走过来。两人都穿着条纹背心，上面有成片的草渍。他们散发出一种庄重的态度。营地里的孩子不多，他们没有多少其他玩伴。这个小男孩坚定地向他蹒跚走来，从他紧握的拳头之间露出几片草叶。儿童。了解他们，保护他们，这就是应该做的一切。

奥托蹲了下来。

“你们好。”他说，然后露出了微笑。

傍　晚

索菲在门口碰到了奥托。她抱住他，什么也没说，只是搂住他的腰，用力拥抱着他。他只得放下包，伸出胳膊也抱住她。她光着脚，换上了那条深灰色的裙子，那是一种毛圈布，触感柔软。这是个星期五的晚上，他们打算留在家里。按惯例，今天是他们喝酒的日子。

“今天喝什么？”他把脸埋到她的头发里，问道。

她从他的怀里挣脱出来，调皮地抬起头。

“朗姆酒和可乐。”

“朗姆酒和可乐？”

“我前几天在酒吧里喝过一次，味道真的很好。”

“说真的，索菲，我还以为你有什么更高端的玩意儿呢。”

她消失在起居室里。“等着瞧吧！”她转过头来叫道。

奥托紧随其后，将自己从一切沉重的桎梏中解脱出来。他的礼服外套挂在椅背上，领带绕在索菲祖父制作的半身像上。那美丽的轮廓和异乎常人的长脖子，都是以一个电影明星为蓝本做成的，她的名字现在已经没有人能记得了，但她系着他的领带看起来还不错。厨房里，敲碎的冰块叮当作响。这已经成了一种不成文的比赛了。每个星期五，没有其他计划的时候，他们会轮流调制鸡尾酒。索菲擅长寻找新的配方，并且很乐意走遍全城来寻找原料。奥托的方法是发展和完善他已经调制好的酒。他的目标是创造出奥斯陆最好的干马提尼。他曾与城里的几位调酒师讨论各种方法，并嘲笑那些直接将苦艾酒倒进酒杯的人。他自己则会将苦艾酒倒入碎冰中，然后再倒进酒杯。朗姆酒和可乐。她怎么会沦落至此呢？

索菲只是笑了笑。她带着两个高脚杯走进起居室。绿色的柠檬片在黑色的液体中颠簸摇晃。她甚至没有费那个劲将柠檬皮在酒杯上挤一挤，像他给她示范过的那样，这样做的关键是只有果皮上的油会被添加进去。奥托充满怀疑地将酒杯举到鼻子下面。

“跟我预料的一样，闻起来就像醉醺醺的小青年。”

“不要闻，尝一尝。这不是廉价的朗姆酒，是货真价实的好东西。”

他抿了一口。除了柠檬的酸味，总的来说是甜甜的。索菲喝了一大口。

“啊，总算到周末了。”

“是啊。回忆如潮水般涌来，那些周末，长途跋涉去参加几英里之外的聚会。汽车后排座位上挤满了超载的乘客，他们传饮着一瓶酒。空气里飘散着月光和几个星期没洗的牛仔裤的味道。回家路上充斥着呕吐物的气味。”

“干杯，乡下小子。”

“干杯，城里姑娘。”

他们照例称呼彼此熟悉的称谓，为什么只有今天它让索菲有一种莫名的恼怒呢？她无视了这种恼怒感。这些称谓不是将他们粘在一起的黏合剂的一部分吗？这就是我们相处的方式，他们说。这就是我们的样子。

她透过酒杯边缘打量奥托。他看起来很疲惫，忧郁。那天下午他在工作时间打电话给她的时候，他的声音听起来无精打采。

“你跟彼得通上话了吗？”

“没有，但艾玛接通了。我让她在我知道事情是否严重之前不要打电话给他，但她马上急着给他打电话，把这一切变成了一场小小的闹剧。这么小的一件事，真是大惊小怪。”

“如果这是一件小事的话。”

“你这是什么意思？”

“我不知道。跟他通话的人是你。”

奥托皱了皱眉头。“他说这只是一次例行检查。”

“他需要健康保险来做检查？”

“这关系到他的工作。我觉得是因为那些做教练的人都需要接受详细的检查。毕竟，他们的工作环境让他们暴露于巨大的压力之下。”

“那确实是真的。”

奥托陷入沙发，解开衬衫上的一颗扣子。索菲坐在对面的椅子上，凝视着他。她从来没有真正弄明白奥托说他与他儿子的关系如此糟糕是什么意思。奥托联想到了一些故事，他带这个男孩进行的滑雪旅行时间太长，还有他不善于帮助他做作业，而这些都是完全正常的事。这些罪过并不比其他父母的更严重。索菲试着让他再多谈论一些，但他只会说他自己也并不明白。他们一起搬进来的时候，奥托非常明确，不再要孩子了。她选择不去逼迫他。如她所料，他在一段时间后调整了他的立场。索菲确信这是因为他与玛丽建立了非常良好的关系。

“你有没有想过我们今天晚餐要吃什么？”他问道，因她的注视而明显感觉不舒服。

“也许我们可以从那家新的秘鲁餐厅订餐？”

“这对于外卖来说太远了，而且我们昨天刚吃过鱼……”

“也就是说，你想吃泰餐？”

“是的，要不点泰餐？”

“如果你想吃泰餐，那就点吧。既然你已经知道想吃什么了，就不必让我选了。”

他看着她，感觉受到了冒犯。“如果你对泰餐有这么大的意见，那么……”

“我没意见。订吧。”

“好吧，有人显然需要把食物填进他们的肚子了！”

奥托挣扎着在沙发上站起身，去走廊拿他的手机。

有冰块撞击空酒杯的声音，这表明索菲正在向厨房走去，准备为自己调制一种新的鸡尾酒。她心里和他一样清楚——每个星期五都会是一个黑色的星期五，无论他们如何尝试着要活跃气氛。他们的鸡尾酒调制比赛只是醉酒的借口，为了得到一个喘息的机会，为了忘记。它通常以索菲在沙发上失去意识，奥托手里端着小酒杯独自坐着看电视而告终。他下了订单，不确定那个接单的人是否真的记下了他想要的东西。回书房的途中，他停在索菲的小桌子旁边。一个奶油色的信封从一沓纸中伸出来。那是法国邮票，奥托把它拉了出来。莱昂总是用手写信，总是用钢笔来写。它看起来像一封很厚的信。奥托把它推回那沓纸中。很奇怪，索菲没有提到它。

她回来了，滑坐进椅子。她闭着眼睛，双手搁在腿上。奥托注意到她的手腕上有一片黄色斑点。碘酒？这看起来可不太妙。

“看起来不只是我这一天过得不轻松。”他直言不讳。

索菲没有睁开眼睛，答道：“一切都很好。今天的正式开幕式倒是来了几位部长和记者，但还不至于多到让人意外。”

“但你必须对此发表看法。”

她透过浓密的深色睫毛斜着眼看他。“我一句话也没说。你疯了吗？这会让人印象不好。不，不。我买了杏仁蛋糕和咖啡，正像我这样的好经理的做派。”

“但是，你跟卡琳聊过了吗？”

索菲坐起来。“我经常和卡琳聊天。”

“我的意思是，好好地谈一次，关于你们俩之间的摩擦。”

“我不会把它称为‘摩擦’。”

“但卡琳是这样说的。”

“你说什么？”

“卡琳称之为‘摩擦’。”

索菲睁大了眼睛。“你和卡琳聊过了？”

“是的，昨天我和她聊了一会儿。在音乐会上。”

索菲将杯子推到一边，越过桌子向前探身。她动了动嘴唇，找不到合适的字眼。

“得了吧，索菲，那可是卡琳啊。我当然会和她说话！她曾经在这里出入，她甚至陪我们到小木屋去过，在那里待了两天，那段时间那里到处都摆放着她的围巾、化妆品和鞋子。”

“你……所以你跟卡琳聊过了，关于我，而且你昨天就这样做了？但你昨天没有告诉我。”

索菲的声音已经失去了所有的语调。奥托后悔没有等到晚饭后再把这一切说出来。

“我现在告诉你了。这很严重吗？”

“我们在回家的路上说过这件事，但是那时你没有提到你跟卡琳的谈话。这让我觉得它一定是一个额外的特别对话，因为你过了一天才向我提起这件事。”

“别当回事，我们的对话很简短。卡琳就是问我你最近怎么样，如果你最近感觉不好，后面我记不清她是如何表述的了。但在我看来，她好像在跟我套话，想了解你最近的状态是否与她有关系，你对她感到生气还是怎么样，或者仅仅是因为你状态不太好。我就是这么理解的。”

奥托说话的时候有些笨嘴拙舌的，因为他意识到他的措辞非常重要。索菲站起来，开始在房间里走动。她弓着背，好像她的胃很疼。

“可是，拜托，亲爱的索菲，她想弄清楚发生了什么事，这是正常的啊！”

索菲停了下来，用手指着他。“弄清楚发生了什么事？我与我的下属，也是我曾经的朋友，在工作上发生了冲突。她感觉自己受到了排挤，这完全可以理解。但她选择秘密运作来处理这个问题，与曾经支持我的人结成联盟，引诱我陷入困境，让我身在暗处，让我的工作更加困难，然后还假装关心我怎么样了！她现在也把你招至她的麾下了吗？难道你看不出来这有多奸诈吗？”

奥托用力揉了揉下巴，双手插入两腿之间，就像插入一个空荡荡的开口贝壳。

“索菲，我不在任何一个阵营，你知道的。而且我不会与你的朋友或敌人同谋的。卡琳问了我一些问题，我以圆融婉转的方式回应了，就像我平时所做的那样。你绝对没有理由指责我！”

“但是，如果这场谈话无可指摘的话，你昨天为什么不提起它呢？难道你不觉得这很奇怪吗？开幕式结束以后我们边走边讨论发生了什么事，我们甚至还谈到了卡琳，你就压根儿没打算告诉我她是如何试图从你这里窃取信息的吗？”

“从我这里窃取信息……我把它看作一个真诚的问题，我认为我没有说错什么。不过也许在我内心的某个地方，我很清楚如果你知道了我们的这次谈话，你肯定会勃然大怒。”

“那么这究竟说明我是什么样的人呢？”

“说明你是什么样的人？现在我真的不明白了……”

“你明知道我会感兴趣的，却不敢提起这段对话，这说明我是什么样的人？”

“索菲，我们现在正在讨论这件事。你把它变成了……”

索菲向空中挥舞着手臂。“你难道不明白最最糟糕的事情就是被排除在外吗？我处于弱势地位。你不能那样在我背后搞小动作。”

“请原谅。”奥托的声音冷冰冰的，“但是，无论你选择如何解读，也许你都应该知道我没打算反对你。”

他开始起身，但她动作更快。

“我去拿外卖。我需要透透气。”

那家泰国外卖餐馆距离这里只有两个街区，对于索菲来说，这个距离还不够远，不足以让她冷静下来。她从包里取出钱包的时候，双手还在颤抖着。那对夫妇总是在那里，在隔间后面的蒸汽和烟雾中忙碌着。那个女人微笑着走了过来，拿着一个薄薄的塑料袋，里面只有两个盒子。索菲感受到渐渐渗入身体的绝望。他难道没多点一些食物吗？两份并没有多少，他应该知道的。她问有没有什么开胃小吃，不需要准备多久的那种。有的，她可以要一些春卷。索菲点了双人份春卷，坐在那个地方唯一的桌子旁等候。

一本破旧不堪的杂志躺在桌上，和一份日报放在一起，一张亲吻的照片横跨了整个头版。真是个爆炸性新闻，毫无疑问。她不知道怎么跟奥托描述当天她在博物馆里的那种奇特情绪，这个部门的每个人都以一种奇怪的、观望的态度看着她。这种紧张的气氛可能也要归因于主任的存在，他来与他们一起庆祝。但是他们为什么看着索菲的眼神就好像她总是会破坏派对、破坏愉快的气氛呢？他们应该知道，他们即将分而食之的大杏仁蛋糕是她订的。她站在那里，寻找合适的话语来评论这两个展览开幕式，尤其是被称为传奇的那一个——她握在手中的这份头版可以做证。当时，她回想起卡琳说过的一句话。卡琳曾说："你的绰号是'那个修女'。"她说完，还带着亲切的微笑，让人怒不起来。而索菲也笑了。她说话的方式，她的黑色礼服，她的香水，她走路的样子，人们对她有这种看法是正常的。索菲无法影响这些看法，她现在甚至都无法猜到。然而现在她在他们的眼睛里看到了一种表情，那是一种缺乏期待的表情，仿佛他们都知道了她马上要说什么。这让她感到害怕，就好像她所说的或所做的一切都不会改变他们对她的看法。她就算跳起爱尔兰吉格舞，也不会有人抬一抬眉毛的。这是一种绝望的感觉，一切都根深蒂固了。

她没有为他们跳吉格舞，但她发表了一个简短的演讲，谈到他们前一天晚上目睹的那个吻，以及这个吻与蒙克作品主题之间的联系。她还谈到一幅描绘一对夫妇接吻的作品，它被牢牢固定在一扇大橱窗里。她谈到这个饱含深蓝色的隐秘的吻和街道上纯净温柔的光线。蒙克的作品中很少有描绘男女之间这种看起来和谐而美好的亲密感的，这是为数不多的几幅之一。他的作品中，色欲和命运、爱情和同类相食之间总是存在着模糊的边界。《吻》与《死神之吻》《吸血鬼》这类作品形成了鲜明的对比。说到这里，索菲的发言就进入了尾声。她一直讲到自己暖和起来，并且也能将这种温暖传递给员工。主任接下来对此表示夸赞，并提出宏大的愿景。但是索菲的心里仍然有一种微弱的疼痛感，就像她锻炼身体时所感受到的那样。

她将报纸翻过去。背面的天气预报充斥着愤怒的乌云，本周一直传言南部地区预计会发生早秋暴风雨，并由此带来极大的降雨量。因为过去几个月天气一直很干燥，所以很多人会欢迎雨水的到来。但这些风暴是不可预测的。山雨欲来，索菲对此感到不安。雨已经开始洒落在外面的人行道上，它在隔断后面啪啪作响。索菲坐在那里，极度饥饿，十分虚弱。空腹喝过两杯酒后，她的血糖升高了，但与奥托争执之后，她只是感觉恶心头晕。她仍然可以感受到那些眼睛在钻透她的皮肤，那是卡琳、其他同事以及奥托的眼睛，眼神中满是想要看透一个人的那种冲动。他们想成为洞悉一切、知晓实情的人。

塑料餐盒发出吱吱的声音，春卷已经准备好了。外面，雨水淅淅沥沥地落下，天空正在膨胀，就像一只灰色的拳头在屋顶上方握紧。这会让农民很高兴，索菲这样想。这是她父亲在下雨的时候经常说的话。他是出版社的编辑，从来没有踏足过田地，也没有花很多时间在他的花园里。他很少涉足他的书报之外的领域。她的母亲得了关节炎之后，索菲和妹妹轮流照料贝斯特姆街区的那个大花园。在干旱期，就像这次持续了一个多月的干旱，她们几乎每隔一天就要给花园浇水。这一周是她负责。她一直拖着，拖得有点儿太久了，几天前她收到了妹妹发来的充满愤怒的消息。由于索菲一直没有出现，她们的父亲用水管在花园里大肆浇灌。由于他浇了太多水，那些娇嫩的花已经永远地倒下了。信息里还提到，这个损失还波及那些上好的豌豆。索菲还得知，尤迪特花了一些时间帮她们的母亲将豌豆绑起来。她还没有回复这条消息。

温暖的风在高楼大厦间扫过，将她的裙子吹得沙沙作响，并掀起了街边的一个大纸箱。雨开始倾盆而下。这位急先锋已经占领了这座城市。她不再需要考虑花园的事了，因为大雨把这份工作完成了。

奥托铺好了桌子。索菲教过他怎么做——协调好颜色，注意对称。天气太冷了，酒瓶都起雾了。索菲把食物扔在了吧台上。

“这是我订的那个吗？”奥托边说边拨弄着包装。

“我饿了，所以我只能又要了点儿别的。”索菲在去洗手的途中喊道。

他们一边大口嚼着春卷，一边听着外面越发密集的雨。他们听到了雨，他们看到了雨，他们闻到了雨。

它闻起来几乎像烟一样。灰色的雨织锦。奥托的脑子里开始盘旋一首歌，他觉得这一定是关于雨的歌，但他记不起歌词了。他轻轻地哼唱着，旋律还在，但歌词呢？索菲歪着头。

“哦，是那个！那首歌真不错！”

他们一起哼着副歌。

“而且我想今天会下雨。”索菲在最后试着唱出来。

“没错，就是这样唱的。”奥托也记起了前面的一节，“是不是这样的：人类的善良正在洋溢……”

他们合唱：“……我想今天会下雨。”

奥托看到索菲的嘴角开始抽动。他急忙把浇头从红绿咖喱上移走。她迅速眨了眨眼睛，忍住了。

“奇怪，我差点儿忘了那首歌。”

他们吃了一会儿，没有说话。雨总会让人觉得纠结。甜蜜的回忆很难与苦涩的回忆分开。他们第一次一起在雨中跳舞；他们穿过森林，在雨中散步；奥托在雨中向她求婚，在一把绿色的雨伞之下；他们第一次去看小木屋时，也下了雨。他们喜欢雨。雨是温和的，是可以净化一切的。然而，玛丽的生命逝去的时候，也是一直在下雨。那座岛上，那场无情的雨。

“你知道我刚才想到了什么吗？”奥托问道，“我想到有一次下雨了，我们带着彼得和玛丽在森林里散步，起初彼得不想一起去。”

“可这不止一次吧？”

“但是他确实来了，而玛丽非常慌张，急切地想要认识她的大哥哥。她一直握着他的手，不停地跟他聊天。”

“他跟她在一起的时候好温柔。”

“他觉得他太大了，不能和我们一起出去玩儿。”

索菲记得很清楚，彼得和他自己之间的挣扎，以及这些挣扎如何在他的姿态中表现出来。玛丽如此关注他，他既困扰又骄傲。大哥哥，这是一座新的奖杯，但他只和他们住了一小段时间。索菲第一次见到他的时候，他十六岁，比玛丽大四岁。当奥托和她决定住在一起时，他已接近十八岁了。他的父亲为他准备了一个房间，说他可以随心所欲地出入。玛丽很喜欢他和他们住在一起。那段时光本应该持续更长时间的。真是黄金时代。

“我有一件小事想说，”奥托说，“你会生气的。”

索菲放下筷子，端起葡萄酒杯放在嘴边，用空闲的那只手向他示意：说吧！

“我同意你的说法，我本来可以昨天早些时候跟你提到我和卡琳的谈话。我犹豫的原因是，我一直害怕你可能陷入了一种……旋涡，痛苦的旋涡。在这个旋涡中，你会把所说和所做的一切都往最坏的地方想。在我看来，你对形势的看法似乎是一成不变的。如果不是卡琳，而是其他什么人在搞鬼呢？或者，也许这个问题与你有关，你不允许自己有一个足够开放的态度？”

“你难以相信可爱的、无忧无虑的卡琳可能会有黑暗的一面？”

“认真一点儿，索菲。关于卡琳，我不知道该相信什么。我甚至有时会怀疑她是否爱上了你。”

起初索菲看起来好像在试着考虑他的话，但她做不到。她开始笑了。

“你猜得太离谱了。”她大笑道。

奥托拿起筷子指着她。

“想想看。”

“不过说真的，你是怎么想出来的？她有过很多男朋友，我们甚至还见过几个。”

“就是这样。追求者来来去去，在我看来她大部分恋爱似乎都是友情，而且她确实释放了一个双重信号，但首要的是，我看到她想从你那里得到的总比你愿意给的更多。你想过吗？”

“没想过，而且我也不打算想。”索菲继续吃东西，不再多说。她当然想过了。当奥托说到卡琳爱上她的时候，奥托可能已经有点儿头绪了，但他没有看到事情的全貌。索菲和卡琳之间的友谊在索菲申请并获得部门经理职位之后逐渐减退了，但其实在那之前就已经有所改变。休了很长时间的病假之后，索菲来到蒙克博物馆。在此之前，她曾在一家私人画廊工作过。在他们搬到特因街区的时候，她和奥托都在寻找新的工作。搬到城市的另一端还不够，他们想要改变所有的一切。卡琳是那个曾经照顾过她的人，帮助她恢复了元气。在刚开始那段时间，索菲和她完全是生疏的。她们越走越近。卡琳能够忍受倾听她所有艰难的事情，这些情绪索菲甚至无法告诉奥托。但过了一阵，索菲开始有一种奇怪的感觉，她正在被抽干。这并不是说她有机会排空自己，而是她正在被排空。卡琳太急切了，她们的友谊变得太过浓烈。所以，索菲慢慢地、谨慎地抽身了。卡琳爱上的不是她，而是她所拥有的那些东西、她成为的那些东西。时不时地，索菲会想或许卡琳是爱上了她的悲伤，但那是她无法大声说出来的其中一件事。

在半开的窗子外面，雨用单调的声音宣告着它的存在，在楼上他们可以听到它正以巨大的力量在屋顶上打着鼓点。天堂的打击乐手。奥托走过去关上窗户，继续向外看。大部分城市隐藏在灰色的面纱后面。他的听觉已经麻木了。这真是一场大暴雨。

“这是热带雨的风格，”他说，“寒冷的热带雨，这不正常。”

“他们说我们最好习惯它。”

“这样的话我知道我们最好怎么做了。我们应该走出阳台，在雨中沐浴。”索菲看着他，起初是以一种居高临下的目光，然后越来越怀疑，最终她的脸突然出现了他深爱的那种表情——俏皮，恍然大悟。她也站了起来，他们冲上了楼梯。在卧室里，他们扯下衣服，扔到床上。奥托打开了那扇通向有遮挡的屋顶小露台的门。雨水冲击石板的力度如此之大，看上去雨既是自上而下的，也是自下而上的。他走向露台迈出了试探性的第一步。索菲突然感觉他看上去老了。从侧面看，她可以看到他的肚皮上长满了皱纹，而且他的背驼了。他一走到外面，就举起双臂伸向空中，以自己为轴心转圈跳舞，扭动着白色的闪闪发光的背。索菲打了个寒战，在他之后冲到了外面。他们瞬间被淋透了。现在要把外面藤椅上的枕头拿进来已经太迟了。雨水很冷。索菲颤抖着、欢呼着，小心翼翼地上下跳动。

“太有趣了！”奥托蹒跚着走到了高处。他向外倾斜着身体，仿佛想要拥抱整个城市。

“小心，邻居们现在可以看到你了！”索菲喊道。她不再跳跃了，紧闭双眼，在雨中摇曳，就像一棵没有思想的植物。她一直这样站着，直到奥托的手臂锁住她。他舔了舔她的脸和脖子，吻了吻她已经收缩了的乳房。她一直没有睁眼，直到他把她带进浴室，开始用大毛巾擦她的身子。她的睫毛膏晕开了，让她的眼睛显得很大。她看起来毫无防备，就像一个放弃一切的女人。他想把她推到床上，但感觉到了她身体的抗拒，他犹豫了。他们讨论过，他们不应该成为那些不再有性行为的已婚夫妇之一。即使在最繁忙的时候，他们也保持这一契约。然而他越来越难以知道他应该何时采取主动了。索菲很少拒绝他的挑逗，但同时她自己也很少以这种方式主动接近他。现在他把他们两个都包进大浴巾里，对着她湿透的头发说：

“还冷吗？你想洗个澡吗？”

“不了，我想和你一起爬到毯子下面。但我担心我会睡着。”

“我有预警。如果我不能让你保持清醒，我会承担全部责任。”

一声小小的叹息，几乎察觉不到。这可能是屈服的叹气，或是解脱的叹气，或是沮丧的叹气，他怎么能知道呢？人们该如何解读周围人传递的各种叹息？对这个时代的很多人来说，叹气就像呼吸一样自然。他们被毛巾裹住，磕磕绊绊地走进了卧室，直接跌落在床上。

周六

SATURDAY

收音机闹钟上的灯光数字告诉索菲，她已经睡了至少十个小时。空气厚重而潮湿，床单上浸透了汗水，就像躺在水坑里一样。她想象着，好像在遥远的地方，克罗格－伊文森夫妇沦为两块幽暗的浸水的木头，在涡流中相互碰撞。雨继续在天窗上擂着鼓。她伸出一只胳膊在床单另一侧寻找奥托。奥托坐在床边，温柔地看着她，轻轻压了下她的手臂。

“下来吧，”他说，“他们今晚会播出关于暴风雨的号外广播。情况很糟糕。”

电视机在起居室里。

索菲坐在沙发上，拉过来一条毯子盖着。直到一段时间之后，她在屏幕上看到的东西才形成意义。一栋大别墅被洪水卷起，顺着一条狂野汹涌的河流而下，这个画面看起来与评论员的声音并不相符。奥托坐在她身边。

“可能会有很多伤亡，”他说，“很多人都失踪了。”

“你起来多久了？”

“七点左右，广播已经开始了。正如你看到的那样，图像已经传出来了。”

一段由社会人士拍摄的视频显示这条河正在一座桥上肆虐。河水几乎淹了大桥的道路，一艘小船、几根树干和树枝以及几块木板卡在上面，把桥的一部分堵住了。记者说，几座较小的桥已被摧毁。接受采访的警长要求人们待在家里，不要开车出来。

“这是哪里？”

“到处都是这样的，哪里都差不多。整个东部地区，有河流的地方。奥斯陆也有很多损失。地铁关闭了，人们已被警告留在室内，等待后续通知。”

索菲挣扎着站起来，裹着毯子，走到一扇窗户前。雨不再像前一天傍晚和夜里下得那样大。这个城市在眼前铺开，云层下面一片灰暗潮湿，就像任何普通的下雨天一样。但风仍然号叫着，吹着口哨。在她身后，一位气象学家出现在电视屏幕上，解释长时间的干旱如何导致土地无法吸收雨水。几位专家加入了讨论。一度认为极端的话语现在已成为日常言论。专家们讨论下奶酪和饼干也无妨。

人们似乎已经接受了这些突发的洪水，频繁的暴风雨和数周的干旱现在已被视为常态。

“一开始是火灾，”奥托说，“现在又是这个。”

索菲轻轻挪动，再次回到沙发上。不久，更多的新信息蜂拥而至。情景变得更加清晰。整个晚上，河流的水位以破纪录的速度上涨，快得每个人都没有时间做出反应。一些住宅房屋已经被洪水冲走了，消失了，没有人知道居民怎么样了，不知道他们是否设法逃脱了。

奥托走进厨房接了几个电话。他没有关上门，所以索菲能听到电话是关于乌拉恩的营地的。他回来时看起来很沮丧。

“我可能得出去一趟。”

“我们不是必须待在家里吗？”

“如果出现危机，那么我就必须出去。现在有一支巡逻队正在外面检查。”

“你试过打电话给他们吗？”

“菲利普没接电话。”

“但那边的那条河并不是很大，对吗？”

“今天任何一条河都不小。”

奥托准备了一些吐司，他们在电视机前吃了起来。他食不甘味，感觉好像水漫延到了他的脚踝。这种情况下人是不可能从电视机前离开的，尽管过了一段时间，大多数报道只是在重复。他们可以这样坐一整天，就像有类似的灾难电视报道时所做的那样。奥托瞥了一眼索菲。她在电视的光线中是蓝白色的，一种像酸奶的颜色。她盯着屏幕，但心思似乎在别的地方。已经八年了，他想。从那时起已经快八年零一个月了，他们坐在同一张沙发上，不过是在另一座房子里，在城市的另一端，在电视屏幕上看到另一场灾难，那场终将包围并席卷他们生活的灾难。灾难的开端，只是烟雾、碎石、警报器、灰尘，然后是跌跌撞撞、茫然无措的人们，他们脸上布满鲜血，衣服上血迹斑斑。护理人员和警察正在奋力控制局面。不久之后，第一条短信进来了，嗡嗡作响。“打开你的电视。”“你们都好吗？”他们开始呼叫家人和朋友，虽然他们确信那些最亲近的人是安全的，但一场新的悲剧开始展露，那场雨中的悲剧，在那座小岛上。

他们一直担心她会感冒。

奥托能记起那个晚上的每一秒、每一个细节。他一直站在厨房和朋友打电话，这时候听到了一声尖叫，接着尖叫变成了哀号。奥托冲了进去，看到她抓着手机，拨了一个号码。他看到文字在电视屏幕上滚动，电视正播放奥斯陆附近的一座岛上发生枪击案的新闻，这时他意识到她打算给谁打电话了。当她听到语音信箱的消息时，她动了动嘴唇，然后挂了电话，再次拨打了这个号码。一遍又一遍。他们是前一天把玛丽送过去的。这个女孩的背包装得太满了。她背着沉重的包，好像这里面装满了她成长过程中的一切。她自豪地背着这一切，从他们的视线中离开。她年龄太小了不能参与这些，但她太想去了。她是和两个年纪较大的朋友一起去的。他们睡在帐篷里，会很安全的。第一天，索菲和奥托不断担心，特别是周四晚上的大雨。一切安好！玛丽在电话里笑。一切都很好，我带着靴子呢，音乐会马上开始了，再见！索菲不停地打电话。离开奥斯陆的整个旅程中，奥托转换频道搜寻最新消息，试图去了解发生了什么事，试图去弄个清楚。但在朝索里赫达方向行进的过程中，她突然开始猛烈地拍打收音机，捶打门把手和他的手臂。他差点冲到路外去。“让它停下来，”她呻吟道，“让它停下来！”他关掉收音机，把手放在她的腿上，她将他的手推开了。“你来打电话，”她抽泣着，“玛丽不想跟我说话……”他拿出手机，打开免提，拨打电话。他们一起听着空洞的信号，玛丽的声音响起时吓了他们一跳，就好像她此时和他们一起在车里一样。“您好，这里是玛丽·克罗格的语音信箱。我现在不能接电话……”她听起来非常严肃，像个成年人，他们的这个傻傻的小姑娘。他们安静的十几岁的小女孩倔强而强壮。不会有什么发生在她身上的。他又打了两次电话。索菲在他旁边大声喊叫。他问她是否有跟玛丽一起去的女孩的电话。索菲找到了一位母亲的号码，她的双手颤抖着。一个男人接了起来。奥托很快意识到电话另一端的父亲和他们一样害怕。那位父亲几乎想结束通话，因为他们也在等着电话打来。那个电话，来自他们的女儿，来自他们无法触及的孩子。但在挂断电话之前，那位父亲说他们不应该试着打电话给玛丽，这很重要，那里的年轻人曾要求不要再打电话给他们了。

奥托对索菲说，这很可能是她不接电话的原因。

她把它关掉了，躲了起来，也许她丢了手机。然而，他将其视为一个好兆头的尝试只是勾起了更多的焦虑。那时候他们真正明白了。他们意识到了这件事的实质，意识到那种疯狂，意识到那里究竟发生了什么。孩子们正在逃离，隐藏在他们可以藏身的地方。为了隐藏，他们的手机都是静默的。因为铃声可能会让他们暴露。整座岛上还能听到手机的铃声和哔哔声，但是有电话铃声响起的地方，他已经去过了。

他们被警察的路障拦住，不能再往前走了。“我们不是你应该警戒的那些人！”索菲在一名穿着制服的高大警察面前尖叫道。奥托不得不下车来阻止她。“你们为什么没有到岛上去？你们为什么不去照顾我的孩子？”索菲恸哭着，一遍又一遍地重复这些话。警察没有动摇。索菲崩溃了。她变得异常冷漠。他们无法看到那座岛，但知道它就在那里，在警察路障后面，在那个弯道后面，在那些树后面，离陆地不远。这是一种解脱，但看到其他势力接管局面也有一种离奇的感觉。索菲凋零了。“我正在失去你，”奥托想。“我也正在失去你。”

这种冷漠也出现在 8 月的这个灰暗潮湿的星期六，

像潜伏在房间里的幽灵一样。奥托本来想关掉电视，但不能没有解释就这样做。他能问她在想什么，她感觉怎么样吗？她一定在想和他现在所想一样的事。

“每次看到这种事都惊心动魄。大自然毁灭一切只需要几秒钟。”索菲说。

他把手放在她的背上。她娇小的骨架是钢铁锻造的。这段时间里她一直保持直立状态。他的眼睛开始泛出泪光。奥托咕哝了一句什么，然后走到走廊的小厕所里。他坐在马桶上，等待着疼痛召唤出慰藉的泪水。他听到起居室里的电话响起，那种尖声的振动总会让索菲跳起来。不一会儿，她就对他喊他的电话响了，声音中透着显而易见的恼怒。奥托打起精神，擤了擤鼻涕。他洗了手和脸，用挂在那里的小毛巾擦干。当他注意到毛巾的酸味时已经太迟了。他走进起居室的时候，气味还停留在他的鼻子里。

“你的电话。”

“谢谢，我的手机和你的电话我都能听到。”

奥托把手机带到了厨房。他的语音信箱中有一条消息。劳动保障局的人报告说没有人受伤，但是营地已经没剩下什么了。当奥托听到这条消息时，菲利普打来了电话。他情绪非常激动，奥托用了好一会儿才理解他在说什么。在起居室里，索菲可以听到奥托用最具说教性的声音在讲，分析一个又一个问题并尽量将其最小化。电视屏幕上，洪水继续席卷大楼和城镇，将遇到的一切轧成碎片。奥斯陆市中心的一则新闻报道展现了志愿者们清晨时分堆积沙袋的场景，就在葛鲁尼洛卡街区最低处、最缺少遮蔽的建筑物周围，还有市里的老城区。一位老人在他的咖啡馆中费力地涉水而行，无助地尝试着进行清理。埃克塞尔瓦河已经无法辨认了，一场汹涌猛烈的洪水将高大的老树树根周围的土壤冲刷掉，沿着灰色的房屋墙壁恶狠狠地刻下它的轨迹。

“你一定要冒险出去吗？”奥托回来坐下时，索菲问他。

“不用，警察一直在那里，他们得出的结论是，还有另外一些人需要更多的帮助。但我得打几个电话给我的联系人。”

“那里有很多孩子吗？”

“没有，幸运的是没有。”

奥托想到了他前一天遇到的两个孩子。他们肯定吓坏了。那些歇斯底里的成年人，半夜醒来，发现他们的大部分财物都被冲走了。

“你打电话的时候，两名失踪人员被证实死亡。一个小男孩被发现了，非常虚弱，但还活着。”

“也许我们应该把电视关掉一会儿？”

索菲抬起眉毛。“然后做什么？出去走走？”

奥托坐在沙发扶手上。除了盯着屏幕，等待更多的坏消息，希望小小的奇迹发生之外，没有别的事可以做。

“你还没有去看医生吗？”

“去看医生？”

“是啊，检查一下你被叮咬的伤口。我看这像是蜱虫叮的，想想今年夏天我们身上的那些蜱虫。在小木屋周围，爬满了蜱虫。”

“没错，好的。我只是没有时间想这件事。”

“都这样了，还有可能不想这件事吗？”

奥托把她的手拉过来，她痛苦地叫了一声。毫无疑问，伤口周围的皮肤比前一天更加红肿疼痛。索菲小心翼翼地把手从他手中抽出来，缩回了手臂。

“星期一我会去急诊室的。”

她将双手分别放在两个膝盖上。奥托用手指在肿块周围轻轻滑动，既是爱抚也是诊断。

“你知道，急诊室周末也是开放的。”

“现在一碰更疼了，但周围没有红圈。”

“你想做什么就做什么，索菲。”

屏幕上播放着一个乡村里整个山体滑坡的报道，住在山体滑坡附近的人们从他们的房子逃到了隧道里。大量的黏土堵塞了隧道入口。黑色、泥泞、夹杂着碎石的土壤，一堆无生命的物质危险地活跃着、运动着，带着巨大的力量。在救援人员挖通隧道将人们救出去之前，必须确保整个区域的安全。对于被困在里面的八个人来说，这将是漫长的一天。

“我希望他们能够想办法穿上一些暖和的衣服。”索菲说。

傍　晚

“说实话，我认为他们应该取消这次晚宴。”索菲坐在前往斯科因的出租车上时说道。

“我们已经讨论过这件事了，”奥托说，“我们现在已经在路上了。”

他们讨论了很久是否去参加这次晚宴。当天早些时候，奥托打电话给英格维尔德试探她的口气，女主人自己也一直在考虑是否应该取消，但到了下午奥托收到一条消息，说他们相信在这样的一天见面会对每个人都很好。英格维尔德在人权大厦有办公室，就在奥托的楼下。他不想因为不来而得罪她是可以理解的，因此，索菲完成了她梳妆打扮的仪式，尽管她内心的某种东西对此始终都有所抵触。他们有过争论。不，没有争论，但奥托说过他认为她不再喜欢跟人打交道了，而她回答说，其实她一开始就没有喜欢过。然后她称他为交际花，这让他有点儿生气。

他们向车窗外张望着，每个人看向自己的那一边。经过电视上一天的灾难报道之后，一切看起来如此正常，几乎令人失望。当天下午早些时候雨已经停了，但是一些公共交通工具停止了运营，出租车司机告诉他们歌剧院下面的车站已经关闭了。虽然路上车不多，但司机不得不时不时地在亮着警示灯的路障前停下来，因为公路被冲出一条条凹痕，且内有积水。土壤和砾石散布在整个车道上。除此之外，在到达比格迪街之前并没有什么特别引人注目的，穿着反光背心的男人们正在那里用链锯锯下大树枝。

“哟，这对栗子树太不公平了。”索菲一边说一边在座位上向前探着身子，以获得更好的视野。她看到的唯一东西就是在傍晚的天空映衬下乱七八糟的树枝，天空呈现一种病态的黄灰色。风继续猛烈地吹着，但是倾盆大雨已经迅速地回到了海上，回到它来的地方。

其他客人都已经到了，在宽敞的起居室里站着围成一个难看的圈，有情绪高涨而文明的面孔，也有好交际的面孔。其他客人看起来都比索菲年龄大一些，这毫不奇怪。自从她与莱昂结婚以来，她这几年习惯了作为社交圈中年轻的存在。那条老狗，她忘记告诉奥托她收到的那封信了。它的内容令人如此毛骨悚然，她立刻把它推到一边，不再去想了。另外，过去的一天里发生了那么多更糟糕的事情。现在她在这里，预计会见到她以前从未见过的四个陌生人。

索菲戴着黑色薄蕾丝制成的保暖腕带。当她戴上它时，奥托投向她一个暗示的目光。也许在一年中这样的季节戴上它并不是很合适，但至少他们称赞了她的香奈儿晚礼服。这条裙子是用编织丝绸做的，样式很简单，但下摆上有很多黑色方孔。她极其喜欢这件她在一次网上拍卖中买到的衣服。除了保暖腕带之外，她唯一的配件是一件镶有黑色宝石的银首饰。她四处走动与其他人打招呼时，她的裙子在周身快活地摇晃着，发出沙沙的声响。

在他们接受邀请时，女主人就简要介绍了客人。女主人还解释说，这次聚会的目的是让这些相互还不熟悉的亲切而有趣的人有机会享受彼此见面的乐趣。霍普斯托克这对夫妇很容易认出来。他从容而高贵，穿得像意大利的电影明星；她的脖子和手臂上都戴着厚重的金属和水晶首饰，有一双温柔的眼睛。有人可能会说，这是有趣的一对。他们住在德拉门，他是一位著名的精神分析师，她是一名织物艺术家。应该还有一对夫妇来自霍维克，格奥尔格和吉娜。索菲还没有听说他们姓什么。他们很富有，传统贵族的气质从他们的眼睛和他们无忧无虑的微笑中向外散发出来，你可以从他们有力的握手和保持良好的身材中感受到。英格维尔德告诉索菲，他们捐了很多钱给慈善事业。还有玛佳和亨利克，奥托和索菲之前在一个派对上见过他们。亨利克是一名作家，并且总是热衷于谈论索菲的父亲，这最初让索菲觉得感动和亲切，但是在这个特殊的夜晚，在老故事中徘徊并不是一件特别吸引人的事。玛佳比较活泼，招人喜爱，而且很务实。她从事的是医疗保健行业，索菲想到她从未向玛佳询问过工作的事，而关于玛佳丈夫从事的工作却总是有很多话题，这是多么典型啊！奥托曾经嘲笑索菲，说她一生都在那种很难见到工作完全正常的人的社交圈里游移。他在某种程度上是正确的，尽管他可能没有意识到现在也包括他了。

奥托的朋友有心理学家、记者和律师。他们对人权、言论自由以及远近国家的政治环境有着惊人的了解。他们非常自然地说出政治组织名称的缩写，没有人敢问这些缩写代表着什么。在这里，索菲在交谈中是令人兴奋的一分子，因为总会有一些辩论是围绕着艺术博物馆进行的，尤其是她工作的那个。这些人听收音机、看电视、看报纸，给人的印象是他们阅读每一份报纸，听所有的辩论节目，他们还能找到时间做其他事情，真是一个奇迹。当他们询问她对关于艺术家或博物馆的争议的看法，并身体前倾表现出兴趣时，索菲会变得害羞和沉默。与其他讨论相比，她的职业中成为热门话题的事似乎相当平淡无奇。与这些生死问题相比，有关美学的个人冲突和争论算得了什么呢？

在索菲的社交网络中，奥托是醒目的存在。他是特因的那个大好人，他是负责罗姆人问题的那个人，一个把所有时间都花在这个国家引以为疚的事情上的人。他确保这些问题正在得到妥善处理，并以这种方式免除所有人的罪责。奥托是社会正在发挥其作用的真实的证明。除此之外，最好的一点是，他可以轻松地谈论地球和天堂之间的任何事情。人们发现他们不必整个晚上都讨论苦难时，总是会松一口气。

享用主菜时，这个晚上的谈话很自然地转向了恶劣的天气。一个大盘子绕着桌子转动，里面放着小牛肉和巧妙摆盘的蔬菜。它转了几圈，索菲小心地从上面自取食物。肉里面是浅粉色的，完全煮熟了，但她通常不太能吃肉。跟她同桌的是精神分析师雷思·霍普斯托克，他愉快地说了很多话。伴随着大开大合的手势，他绘声绘色地描述了他和妻子那天晚上早些时候乘车去奥斯陆时德拉门河的样子，宽阔的河流旁边的道路无法通行。他描述了水是如何一直涨到了中央图书馆第一层楼的窗口。他长长的手指在桌子上跳动，索菲不禁想到了蜘蛛腿。这个男人让她感到困惑。他口才很好，很有趣，但是他提出问题的方式带有一种侵略式的亲密，还有不自然的长手指和飞动的白发。索菲已经受够了把自己视为大众情人的自负的年长男人。也许她这样判断所有留着艺术发型的中年男人是不对的。尽管如此，她还是多次尝试着与同桌的其他人交谈。大多数时候，格奥尔格身体前倾地坐着，与桌子对面的奥托和英格维尔德进行讨论。

“但是，”索菲听到他说，“为什么要把希望生活在社会边缘的人包括进来？”她试图加入他们的对话，但没有人注意到她的意见。奥托提出要在位于马里达林山谷的斯卡尔旧军事营地中为罗姆人建立文化中心的计划，每当他遇到一个人就会测试人们对这个计划的看法。

突然，雷思把手伸向了她的手，或者更确切地说，是伸向了她的保暖腕带。她把手缩回去了。

“那个穿着黑衣服的女人，”他说，试图锁定她的目光，“神秘的黑衣女人。”

他不知道？索菲感到很惊讶。他们不知道！她任由她的眼睛在桌子底下徘徊。英格维尔德没有告诉其他客人？索菲突然意识到她已经习惯了别人对她丧女的事有所了解，从而小心对待她。

“那么，你这个黑衣女人，你在隐藏什么？”雷思的声音如此柔和，以至于她猜测桌子上没有其他人能听到。她仍然替他感到尴尬，为他那样说话而尴尬。他听不到自己的声音吗？

“蜱虫叮咬。”她平静地说，把手抽回来。

“蜱虫叮咬，真的吗？让我看看。”

她摇了摇头。

“这就是我为什么要把保暖腕带戴在上面，”她转动着手腕说道，“这样人们就不会看到它了。”

“你知道，我是个医生。最好让我看一下。”

永远不可能，索菲想。我永远不会为你宽衣解带，即使只是个保暖腕带。

“我和我的医生预约了星期一去看。”她说。

“嗯，我觉得你还是在隐藏什么。你是那种难以捉摸的人，静水深流的那种。你一进来我就看出来了。我可以判断出人是否带着秘密，还有悲伤。你有什么秘密，索菲？”

索菲可以感觉到额头刺痛。她以前玩过这个起居室游戏。一位绅士问你在隐藏着什么。一位绅士告诉你你实际上在想什么。一位绅士认为你看起来很伤心，然后建议你微笑，把头发放下来。

“这两个人在窃窃私语什么呢？”英格维尔德插入他们的对话。

索菲向女主人报以一个感激的眼神。“灾难和死亡。”她说。

“呃……”英格维尔德说。

“那么，这不正好是谈论这种事情的日子吗？”这是雷思的妻子。她在用餐期间一直很安静，现在她在桌子上探着身子，以至于她那条重重的项链有一部分落在了她的盘子上。

“那么你觉得我们对这次灾难谈论得还少吗，特里尔？”

索菲在雷思的声音中察觉到了一种贬损的语气，特里尔显然也注意到了这一点，但她没有回应，只是直视着他。桌子周围的其他谈话都停了下来，客人们开始手忙脚乱地摸索他们的餐巾，并换上酒杯。

“幸运的是，没有最初预想的伤亡那么大。”英格维尔德说，她有点儿摇晃。雷思忽略了她。

“我们都知道其他谈话只是噪声而已，所以我们用聊天来掩盖。”雷思转着脑袋说道，看起来好像在放松紧绷的颈部肌肉一样。

“为了在短时间内忘记我们所恐惧的，我们人类注定如此。正是对死亡的恐惧导致我们低估危险，否认显而易见的事实，调整我们关于何为自然、何为正确的看法。我们真正想要的只是度过愉快的时光，得到满足和快乐。所以这次谈话的转折，特里尔，是非常经典的。我们是完全正常的。”

他的妻子再次靠在椅子上，没有说什么。索菲看到她的项链上挂着一点儿酱汁。

这时奥托插话进来："所以你认为它存在于我们的基因中？我们否认危险，比如气候变化，这是我们天性的一部分吗？"

"是的。我们差不多就是这样。我们习惯于认为人类是一个发达的物种，我们认为自己几近完美，但事实是我们先天不足，进化发生得很缓慢。人类尚未适应目前作为一个物种所面临的巨大挑战，所以我们做出反应是通过改变我们对情况的看法，而不是改变我们的行为，我们使自己和其他人确信它并不那么危险。想想德国的纳粹主义，在战争之前和战争期间，国家的皮囊之下一定是发生了某种转变，对于许多人来说，一开始还难以想象，但一段时间之后就变成了事实。"

"我们确实在适应，"索菲低声说道，"我们很快就会接受每当有恶劣的天气，就会有人类生命的损失这样的事情。"

"他们还未能从隧道中挖掘出那八个人。"格奥尔格说道。他主动负责查看手机并发布最新消息。

"确实。"雷思把头转向索菲，脖子咔嚓一声。他是一个非常自信的人，面部表情有些幽默。

"在这样的情况下，我们的适应能力可能会成为我们的诅咒。”

“这是一种极端失败主义的观点。”格奥尔格说。

“也许吧，如果这是一个观点的话。但是，如果我们将其视为对这种情况的简单解释呢？”

“那么我们就可以放弃了。”特里尔说。

雷思的目光慢慢地朝着他的妻子游移。

“事实上，我们已经这样做了。”

“是的，这些时候都很奇怪。”古纳尔试图让气氛轻松起来，但只起到了一点点作用，因此英格维尔德站起来开始清理桌子。特里尔示意她要去外面吸烟。雷思是其中一个跟随她走到阳台的人，就好像有一半的家具也随他们一起消失了，呼吸变得顺畅起来。索菲走了过来，坐在奥托和亨利克之间空出来的椅子上。谈论一下文化生活中的奇闻逸事总比坐在精神科医生和他妻子的射程之间要好。奥托拍拍她的膝盖。

“一切都好吗？”

“当然，”她说，“但我的同桌真是令人疲惫。”她从牙缝里挤出这些话来。

“哦？看起来你好像度过了愉快的时光呢。”

“人们看到的是他们认为自己看到的东西。”索菲靠近他并在他的耳边低声说道，“我们可以马上离开吗？”

“我们刚刚只吃了晚饭。”奥托咕哝道。

在过去的半小时里，奥托一直在进行技术层面的讨论，刚刚准备放松一下。而现在，他因为没有多关注一下索菲而感到愧疚。奥托想看一眼阳台上的雷思，却只能看到他在装饰性灌木丛后面高大瘦长的身影，风从他的香烟中撕下了余烬。雷思看起来很有魅力，也许是那种自认为无所不知的类型，但在奥托的印象中，女人喜欢在这样的男人面前沦陷。这家伙真的很可怕吗，让他们不得不离开派对？奥托疑惑地看着索菲，她耸了耸肩。她意识到他们不可能这么快离开。她和亨利克聊了一会儿，亨利克问她父亲的情况如何。很好，她说，并描绘出他拿着花园水管，容易被激怒、弯腰驼背、身体虚弱的样子。她不再多说什么了，这时亨利克选取了一个老故事，编辑克罗格曾经请一个被拒绝的作者一起去剧院咖啡厅吃安慰晚餐，在那个潮湿的夜晚炮制出了一个他们俩都确信能成为畅销书的故事，而这个故事他们第二天自然都会忘记。索菲心不在焉地听着。人们都是怎么了？她想。他不知道我之前听过这个故事吗？而且这个故事又不是特别有趣。她打了个哈欠。幸运的是，甜点马上就要端上餐桌了，而一开始与霍普斯托克夫妇一起在阳台上的古纳尔说他们应该继续吃东西，因为外面明显有争论发生。

“他们总是在派对上争论，那两个人。”吉娜说。

女主人坐在索菲之前坐的地方，用一个抱歉的笑容证实了吉娜的话，说道：“Bon appétit[1]。”客人们一直在赞美甜点，那是由百香果和白巧克力做成的。霍普斯托克夫妇过了一会儿又回来了。他们静静地坐到他们的位置上。没有人说话，直到雷思·霍普斯托克用调羹敲着玻璃杯站起来。

“你们可能以为我要赞美这些食物，”他说，“这是有充分理由的，因为这顿饭是一场盛宴，小牛肉很鲜美。但我实际上是希望告诉你们所有人，我的朋友，无论是新朋友还是老朋友，特里尔，在过去的三十多年里我一直很高兴称之为我的妻子的那个人，今天晚上刚刚告诉我她要离开我了。我们要离婚了。”

房间里的空气好像突然耗尽了。索菲努力地将氧气推入她的肺，让它听起来不像是倒抽了一口气。

---

[1] 法语，意思是“祝你有个好胃口”。

“几分钟前我才被告知这件事，我敢说这对我来说是一个惊喜。是的，我们已经商量好了，这不是特里尔第一次威胁我要离开我了。那么为什么我这次要当真呢？因为特里尔告诉我这次是真的，她已经受够了，她已经下定决心了，所以我必须相信。你看起来很害怕，特里尔，你认为我不会把你说的话当真吗？难道你不认为我们应该告诉我们的朋友刚刚做出的决定吗？”

索菲小心翼翼地看了特里尔一眼。她面无表情地坐着，眼睛盯着桌面。

“别再说了，雷思。”坐在特里尔旁边的古纳尔说道。他想以友好的方式表现出权威的样子。

“是的，现在已经够了。我们已经明白了这一点。”格奥尔格起身轻轻地拍了拍雷思的肩膀，然后看起来好像手上开始用力，试图把雷思按到椅子上坐下。然而雷思挣脱了，他看起来几乎兴高采烈。

“那么，你们是否都有兴趣听听特里尔为什么要离开我？你们难道一点儿也不好奇吗？”

“不，雷思，我们不好奇，一点儿也不。”英格维尔德说，“完全没必要说。我们到此为止吧！”

但雷思·霍普斯托克还不打算放弃。

“你们都知道，或者不是所有人都知道，我们今天在这里认识了一些令人非常愉快的新朋友，但是那些认识我们的人至少知道，特里尔容易嫉妒，非常嫉妒。她觉得我和我遇到的每个女人都会调情。今晚是美丽的索菲，特里尔认为我一直在和她调情。”

每个人都看着索菲。她的腿和额头阵阵刺痛。她能感受到而不仅仅是看到奥托的身体逐渐紧张起来。

“让我们假设也许我正在和索菲调情。一个美丽聪明的女人，没有什么比男人和一个美丽聪明的女人调情更加自然了，但这是我的滔天罪行。我任由自己被一个女人、被生活所吸引，也许是我喝得太多，一杯溢出，婚姻结束。也许这样也很好。亲爱的朋友们，你们怎么看？我非常希望听到关于这件事的其他看法。”

雷思举起酒杯，向桌子对面投去一个充满挑战的目光。

“难道没有人愿意为特里尔今晚做出的勇敢决定干杯吗？娜拉已经走向门口了[1]，朋友们！鼓掌吧！难道没有人打算干杯吗？好吧，好吧。我该如何解读你们的

---

[1] 来自易卜生的话剧《娜拉出走》，又名《玩偶之家》，女主人公娜拉意识到自己在家里如同玩偶一般的处境后决定出走。

反应呢？”

“坐下，雷思，我们可以干杯。”格奥尔格拉了拉他的袖子。

雷思靠在椅子上站了一会儿，看起来好像在想出合适的话，然后坐下来吃了一勺甜点。他继续以一种毫无乐趣的方式在吃东西，就像一个小男孩被迫留在餐桌上，直到他吃完食物才能离开。一时间，唯一的声音就是他勺子发出的叮当声。桌子周围弥漫着一种观望的气氛。现在怎么办？是否还能装作什么都没有发生过？

羞耻感在索菲的脸上灼烧着。她没有参与这种所谓的调情，有人相信吗？她甚至无法抬起眼去看奥托。她鼓起勇气去看特里尔。特里尔和古纳尔静静地坐着说话。索菲感到奥托向她倾身过来，靠近她的耳朵。

“别担心。”

索菲转向他，尽可能高地抬起眉毛。然后女主人过来了，插在两个人之间，一只手放在索菲的肩膀上，另一只手放在奥托的肩膀上。她甜美的香水味与葡萄酒的酸味混合在一起。

“对不起，索菲，让你遇到这样的事。这不是第一次……你别往心里去。”

索菲想问问他们到底为什么会邀请这样的人，或者是什么让英格维尔德相信她和奥托见到这些人会很有趣，但她压制住了这种欲望。她真的很茫然，无法理解，但一种礼貌的教养已经嵌入了她的身体，而奥托温暖的手正放在她的膝盖上，她安静地坐在那里没有动。有人弄洒了酒，笑声响起来，咖啡被放在薄薄的瓷杯中。时间是一条河流，在这个夜晚静静地流淌着。

在出租车里，索菲把头靠回座位上，呼出了一口气。

“现在回家真好。”奥托拉着她的手说道。

“一个人怎么可能如此聪明，同时又如此自恋呢？”索菲说。

“就像那个男人一样？不，他这种情况非常特殊。这难道不是一个很棒的故事吗？你可以告诉你的朋友，或者在工作的时候仅供娱乐。”

你的朋友们。娱乐。

“你没看到吗？我们离开的时候，我去跟他握手，尽管我这样做需要鼓起勇气，但是他还试图用胳膊搂着我！他紧紧抓住我，奥托，强迫我接受他的拥抱！”

“他首先是可悲的。我看到的是一个受惊的渺小的男人。他表现得像一个被忽视的孩子。”

“男人总是会捍卫男人吗？这是一种规则吗？”

奥托安静了一会儿。柴油发动机的隆隆声渗透了他们的身体。车里有一种强烈的气味，真皮座椅一定是全新的。

“那么你觉得我那时候应该做些什么呢？”他的声音带着很尖锐的语调，“你认为我应该站起来护着你？或者把他打倒？那样能挽救这个聚会吗？”

“哦，别犯傻了。”

她转过身，向侧窗看去，这样他就不会看到她的眼泪了。弗鲁格纳公园的大门后面沉寂着墨黑的绿色。在里面，维格兰德的雕塑度过了漫长而耐心的石像生活，会比他们活得都长久。

“我们就不能不再想这件事，试着把它当成一个精彩的故事吗？”他的声音在她身后响起。她用一根手指一点点擦去眼泪，然后转过身来。

“也许明天我会以不同的方式看待它，”她说，“但是你说你要去小木屋，你是说真的吗？”

“我主要把它作为早点儿回家的借口，不过也许我们应该去那里看看是不是一切都好。无论如何，我们可以呼吸一些新鲜空气。”

“嗯。”

她蜷缩在他的身边，在他的斜纹软呢夹克里咕哝着什么。

“你说什么，索菲？”

但索菲没有再说什么，当他们驱车前往城市的东部时，她睡着了。

周日

SUNDAY

奥托将黄油涂抹在面包上的时候，童年周日的那种感觉以始料未及的力量向他扑面而来。在他的童年时代，周日一直是公路旅行的代名词，至少在天气允许的时候是。在他的记忆中，周日来临的时候天气一直很好。天空总是干净得闪光，就像他父亲每周六花几个小时清洗和抛光过的汽车一样。他们的白色大众汽车是他们会在周末展出的装饰品。奥托可以感觉到，当汽车爬过山顶或弯道时那种爆裂的感觉仍然在自己的身体里。那时候平直的道路还没有开凿出来，那些道路沿着小山包和山脊延伸，在这些小山包和山脊背后总会出现新的风景，每次看起来都令人耳目一新。在山谷里，有波光粼粼的小河，有马场，有古老的石桥，还有靠近路边的农场，在那里你可能会撞到一只母鸡或一只狂吠的狗。

如今，道路只不过是两点之间的传送带，而奥托当然从未给汽车抛过光，他甚至没有费心去检查他们的车是否受到暴风雨的破坏，它就停在大街上。他心烦意乱地找到一袋咖啡，放在篮子里。

“那边有咖啡。”

索菲正站在他身后。淋浴后若隐若现的神秘香气伴随着她，也许是一种新的乳液。奥托喜欢她的味道，但不喜欢她经常改变这些味道。他把咖啡包放回了橱柜里。

汽车的引擎盖和挡风玻璃上堆满了泥土、树叶和树上落下的其他残骸。索菲将篮子放在后座，自己坐在了副驾驶座上。

“你来开车吧。我昨天喝得比你多。”她说着，系好了安全带，接着补充道，“完全出于必要性。”

“你知道我觉得什么很奇怪吗？”奥托将钥匙插入点火器时问道，“你对美学这么讲究，却对这辆车长什么样毫不在意。”

“谁说我不在意？”

“它看起来就像个垃圾堆，比如现在，但你显然并不在意。你永远不会是那个负责洗车这些事的人。”

“我不是吗？那你认为最后是谁洗了车？”

“既然你问了……那一定是你了？”

“是的。那是在小木屋的时候。你坐在那里，整个人埋在文件中，我拿着水管吓了你一跳。你生气了，因为有点儿水溅到了你的文件上。其实，那个时候我正在洗车，但你似乎没有注意到这一点。”

“好，所以最后是你洗了车。但你隔多长时间会清理一下车里面？”

在这一点上，他切中了要害。然而他因此感到高兴吗？他们醒来的时候听到了新闻，被困在隧道内的八个人恐怕都死了。在尝试救援的过程中，发生了严重的问题。他们只是听了新闻，没有听到一句评论。汽车慢慢地穿过延斯别尔克斯大街。阳光透进来，一点点将城市晒干。和黑暗一样，常态总是会存在，准备填补每一道裂缝。

索菲和奥托来到特因的时候，他们感觉像是定居在这里了。他们的搬迁是一种复苏，他们会在另一片领域复活。但它也关系着更多东西，比自己更大的东西。那就是新挪威。那就是真正的奥斯陆。他们常说，通过住在这里，他们参与了真实的生活，而不是虚幻的、表面的生活，他们现在可以不再玩每天装作快乐的游戏了。这是一种姿态——他们从屠杀者居住的街区搬走，成为凶手憎恨和害怕的一切的一分子。他们做的是正确的事。但现在呢？他们分享的那种美好的感觉，那种与命运抗争的感觉，开始与街区一起消失。年复一年，他们周围的一切都变得破旧了。街道上到处都是坑坑洼洼的，建筑物油漆脱落，公园杂草丛生，堆满了垃圾。

当他们开车驶上 E18 公路时，他们的心态变得轻松起来。平坦笔直的道路在他们面前展开，希望的天空在上方高悬。一层薄薄的晨雾正在后退，太阳开始占据上风，就好像暴风雨属于另一个时代一样。

“我看到……桌子上有一封信。莱昂写的？”

“是的，没错。我本打算告诉你的。他又要结婚了。”

“但他没有给你发婚礼邀请函？”

奥托的声音听起来很恐惧。

“是的，没有，我的天。他只是通知我一声。你猜怎么着？”

“不会吧，是和另一个学生？”

“是的。她二十二岁。”

奥托吹了声口哨。

“这意味着她和我遇见他时年龄一样大。”

“不仅如此……”奥托的眼睛远远地盯着车前的一个点。

“不仅如此。”索菲平静地说。

“如果玛丽还在，她比玛丽还年轻。”

“是的。”

“年轻四岁。”

“是的。”

索菲坐在那儿，摆弄着什么东西，她的指甲，或者是她裤子里的一根线。她的头发向前垂落，遮住了她的脸。奥托知道错误的评论可能会让她彻底退缩。

“他现在应该快七十了吧。”他试着说。

“他到十月满七十岁。他正在为婚礼庆祝。想象一下，这个男人，头发胡子花白，臀部什么的是人造的，很快也得更换了，他已经开始用手杖了！——这样的男人还设法引诱到了一位年轻的外国学生来到维也纳，只有上帝才知道是怎么回事。”

“那个女孩是国外来的？”

“是的。他说他们在研讨会上产生了一种完全特殊的联系，所以他算是把她救了出来，从她的国家，从她严格的父母手里，他们会决定她应该结婚的人选。他动用了每一个头衔的关系，尽了最大的努力，显然是一出好戏。除此之外，他还破了她的处子之身，现在他觉得娶这个女孩真是英雄的壮举。”

“破了她的处子之身？说真的，索菲，他在信里也把那个告诉你了吗？”

“是的，你一定要读读这封信，写得太露骨了，你根本无法相信。”

“那他为什么要把这一切都告诉你呢？”

她额头皱了起来。“现在看来，这是一个很好的问题。”

“这实际上是最有意思的事情。用一种温和一点儿的说法，难道他告诉你他破了谁的处子之身不是很奇怪吗？还有，他告诉你他打算跟谁结婚也一样很奇怪。”

“不，奥托……是的，这是有点儿奇怪。他这种处理方式，他在信里的意思，好像他认为我理所当然地愿意分享他的喜悦。”

“他还没有愚蠢到认为你会乐意看他娶一个比他女儿还小四岁的女孩吧，如果他女儿还在世的话？”

“也许他认为他正在做的是英勇而善良的事情，并且想向我证明这事没有那么差劲？”

奥托对此嗤之以鼻，但没再说什么。他必须谨慎行事。他不能明确地说他发现索菲的前夫是多么令人作呕，因为这也就意味着在评判她，蔑视她以前的生活。

“他应该只是没考虑到这件事在你眼中是什么样的。”他最后说道。

“我不知道，”索菲说，“我其实不知道他在想什么。”

“他有没有想过玛丽？”

“是的。他想过。”

索菲看着绿色、黄色和黑色的田野在两边飞快地掠过，一切都闪烁着潮湿的光芒。世界已经洗净了自己。彻底，完全彻底。农民肯定不会对这场雨感到高兴。有玉米田的地方，大部分玉米秆都躺在凸起的垄背上，就像地面上梳理过的潮湿的头发。

“他在信中真的那样写了吗？他会想到她？”

“我不经常收到他的来信，也许每半年才会收到一次。也许更少。”

她没再多说什么，所以过了一会儿，奥托找了一个古典音乐频道来听。钢琴音乐。弹跳，颤动，轻盈。格伦·古尔德式的那种奇怪的嗡嗡声和咕噜声。他们穿过了最后的隧道，索菲把车窗摇到了底，车里顿时弥漫着清新的草木气味。

“星期日之旅！”奥托欢呼着，踩着油门。索菲喜欢他这样，幼稚，自由，没有了文件、责任感和仁义道德，更没有莱昂特色的虚荣心。她最先爱上的是他的严肃，他的投入，他对社会最柔弱成员的维护，他蓝色的、诚实的眼睛。奥托经常表达对自己一事无成的挫败感。索菲有时怀疑他是否怀念原来律师事务所的工作。现在他独自承担了全部的失败和少数的胜利。他头发变得斑白了，但据他自己说，这无论如何都会发生。

索菲抚摩着他的脖颈。新鲜空气会对他们有好处。也许他们可以在小木屋里过夜，一大早再回城里去上班？开车到小木屋就像从疼痛中得到休息。她向后靠着，等待动荡归于平静，等待疼痛的结节松动下来。她僵硬的肩膀、她抽筋的大腿，一点一点地放松开来。这是一种积极的心态：她仍然可以将新鲜空气吸入肺部。这是不言而喻的。

当他们开车沿着颠簸的乡间小路行驶时，一切看起来都很正常。当小木屋归他们所有的时候，他们把它涂成了灰色，跟围绕着它的岩石峭壁颜色一样。这座单层的小屋位于两个低矮的小丘之间，非常隐蔽，只要他们愿意就可以赤身裸体地走来走去。唯一的景色来自厨房的窗户和厨房外的小露台，从这里可以看到峡湾，仅有几步之遥。奥托停下车，他们一动不动地坐了一会儿，欣赏着他们小小天堂的景色。这个自由的地方，地球上他们可以称为他们所有的这个小小的点，值得他们曾付出的每一刻的努力。

“我的青草。”每当她早上赤脚踩在沾着露水的湿草地上时就会这样说，“我的土地。我的稻草。我的灌木。”

“我的岩石。”奥托可能会讽刺地说，拍打着保护他们、将他们与世隔绝的小丘。他们小木屋的邻居引发了整个夏天的混乱，将一座类似的小丘炸开了。一辆挖掘机轰隆隆地响起，一辆卡车来回晃动，持续了好几个星期，地面颤抖着，隆隆声在电力中断时越过水面大声地回响着。现在，一个大型露台躺在小丘之前所在的地方，而在那个巨大的木制庭院中间，邻居放置了一组白色塑料家具。索菲和奥托都认为这看起来并不美观。它看起来并不美观，这是不可能的，他内心深处的想法是，索菲是在嫉妒他们水上的美景。

小木屋上面的天空和岩石峭壁现在呈现出一种未

洗过的牛仔裤的颜色，轻柔的微风吹过未被雨水打弯的长长的金色秸秆。奥托首先打开车门，他的脚踩到地上时，发出一种吮吸的声音。草坪中间形成了一个水池，当索菲试图蹚水走到门口时，水迅速浸入了她薄薄的运动鞋。她一直等到奥托带着钥匙和野餐篮来到她身后。让别人拿着她的东西，让别人开车，让别人为她打开门，让别人为她服务好一切，对索菲来说是如此自然，对此奥托还是会感到吃惊。他至少是吃惊她这么做对他来说感觉非常自然。他打开了门。

小木屋的门是通往另一个世界的门，一个不同的地方，尽管他们经常来。这是那个他们可以来来去去而没有发生任何改变的地方。这是唯一一个生活似乎没有催促他们或逼迫他们做出无法控制的改变的地方。但这次有些不一样了。他们的嗅觉是第一个注意到的。索菲在入口处停了下来，闻了闻空气。它闻起来有一股天然地窖、淤泥、霉菌、潮湿木头散发出的气味。他们进入小木屋后没有关门，光从门口投进来一个方形光斑。她走进去，因为她的腿已经被水浸透了，所以她没有立刻感觉到有什么不对。她把窗帘拉开，感觉窗帘底部很重，湿乎乎的。

“奥托，地板上有水！”

奥托之前是朝另一个方向走的，他听到一阵玻璃爆裂的声音。

“这到底发生了什么？”

他们很快就明白了。阳台门被吹开，将暴风雨放了进来。边框在铰链上轻轻晃动，门上的玻璃碎了，散落在被水淹没的地板上，混在树枝，树叶和污垢中。放置在门边的高大中国花瓶翻倒在地，一直滚到起居室，瓶口还磕豁了口。索菲站在那里，仿佛冻僵了，一时间无法理解这一切。那些日常物品以不同的姿势被“安置”在新的位置：一块潮湿的桌布像一只肿胀的乌贼一样环绕着糖罐；旧船模的桅杆折断了，翻倒在地上；杂志湿透了，被翻开到有关运动和室内装饰的页面。地板上一片混乱，狼藉不堪。

“我们忘了锁门。”她的声音在房间里响起，死气沉沉。

“是我们中的谁忘了锁门。”奥托转向她，“是你一直要开门通风的。”

“如果不打开，我们要阳台门还有什么用？”

“打开也没关系，只要你记得把它关上。”

“每次离开之前，你都会去查看的！你知道我不能让阳台门一直关着。”

索菲捡起一卷膨胀的纸巾，纸巾在她手里碎成了片，“啪”的一声落在了湿漉漉的地板上。放在桌子或长凳上的东西都遭到风雨席卷，大多数落在了地板上。照片歪斜地悬挂着，有一张躺在了地板上，背面朝上。索菲没有去看，她知道它已经毁了。一个词在她脑海中响起。废墟。一切看起来都如此破败而悲惨，所有她那么喜爱的东西——从跳蚤市场淘来的宝物，朋友的礼物，从家里带来的她小时候的东西。她试着想象门被吹开，暴风雨闯入大肆破坏的景象。也许就像洗碗机里的场景一样。

奥托走进起居室，那里的东西之前都不牢固，现在散落在两面墙之间，地板上的地毯被水浸透，颜色变得灰暗。索菲跟在后面，捡起一张贴在地板上的纸。纸上的墨水向四周晕开。她把纸揉成一团。一个灯罩躺在角落里，她把它拿起来，却吓得大声尖叫起来。

“有青蛙！”

这只灰褐色的生物静寂地坐着，但她可以看到它在呼吸。它鼓起的黄色眼睛还快速地眨了一下。她将灯罩放回到它身上。

“我得找到能抓住这只动物的东西。”

“你就不能用手拿起它吗？”

索菲犹豫着。奥托走了过来，将灯罩拿走。青蛙在他的脚上跳过，开始在房间里慌乱地蹦来蹦去。它的后腿特别长。

“你吓到了它！”

“那不是我真正的意图。我是想帮助它。也许你可以把灯罩再拿过来？”

最后，青蛙跳到了外面。

“你可以把门修好。”奥托说。

“你怎么能想到我应该去修门？”

“好吧，你也许可以在棚子里找到一些可以用来固定门的材料。最重要的是让它可以安全地关闭。”

索菲狂怒地看着他：“为什么要我去？你才知道怎么修门啊！你觉得整件事都是我的错，所以让我去吗？”

“不，这更像是我们刚才谈话的延续。每次我们都认为，有关汽车，以及家里和小木屋的那些技术活和手工活都是我的工作。现在我们有机会稍微转换一下角色。”

“这太荒谬了，奥托。如果你想要的是一个手巧的女人，你应该和一个手巧的女人结婚。”

“好吧。那你去清理擦洗吧，我看看我能否用木板把门堵上。”

当他走到门口去穿靴子的时候，索菲在他背后做了个鬼脸。这是她对自己感受到的愤怒的一种温和的表达。走进卧室时，她用力地敲了下门框。好像海洋曾经来访，在里面留下了腐烂的海藻的味道。卧室里的一切都还在原来的位置，只是看起来很潮湿，包括床上用品，还有衣柜里的所有衣服。索菲掏出工作服——一条短裤和一件没洗的 T 恤时，看了看她疼痛的指关节。衣服穿起来黏糊糊的。

在起居室里，她站在那儿看着那块大地毯，得把它弄到外面去。她无法向奥托寻求帮助。她把所有的家具都搬到草坪上，然后开始把地毯往外拉。它就像一具尸体一样。她把它拖过大厅，穿过草坪，然后把它放到山上悬起来晾干。由羊毛制成的精美地毯试图凭着一己之力吸收所有的水。它看起来像一块灰色的石头，也几乎跟石头一样沉。当她抬起、拉动、扛着地毯的时候，她听到自己哼出声来。太阳用炽热的箭射向她的眼睛。在他们上次度假的最后一天，也有着这样的阳光，也是这么温暖。那个门后来怎么样了？它很有可能是开着的，用钩子挂着。但那天下午他们去游泳了，他们动身去海滩之前一定已经把它关上了。然后他们直接回家了，不是吗？索菲对着太阳闭上眼睛，挺直了脊背。奥托不能就这样把责任推给她。她能听到他在棚子里敲打着。突然里面好像发生了什么，然后是一连串的咒骂。

奥托站在那里，看着当他试图撬开一块木板时从墙上翻下来的钓鱼竿和渔网。薄薄的木地板直接铺在地面之上，闻起来像泥土的味道。他的头几乎触到了屋顶，他不得不匍匐着爬行以躲避从角落里垂下来的肥胖的黑蜘蛛。他感觉有什么东西在全身爬来爬去。他们很久以前就应该弄一弄这个顶棚了。

他叹了口气，开始把掉下来的东西堆起来。汗水流进了他的眼睛，他的动作猛烈而粗暴。他的脑袋忙着想出一条短信的措辞，找到正确的词语、正确的语气非常重要。他现在基本上已经做出了明确的决定，但是害怕把它打在手机上。这是给卡琳的。他们之间的联系几乎是不合适的。索菲会觉得这样的联系很过分。她对卡琳在展览开幕式上的反应如此强烈，要是知道了他们互发短信和打电话的话，她该有多愤怒？更不用说去年夏天在小木屋里发生的事情，当时索菲正在准备晚餐，他都能听到厨房里的声音，索菲好像正在切菜，他站在那里，手沿着卡琳的背部向下将她拉进怀里。简直是疯了。纯粹的疯狂。刚开始只是一个友好的、安慰的拥抱，后来变得太……他拒绝说出这个词，那个，变得太色情了。他们的拥抱并没有持续很长时间，最多只有半分钟，但它持续的时间还是太长了。它开启了某种东西，并且有一些迹象表明，卡琳对这件事比他进行了更多的解读。

没有别的出路了。当他在头脑中想出这些话时，它们似乎是合理的，但当他在手机上打出来的时候，它们看起来懦弱而虚伪。他想，卡琳没有界限，没有限制。他是那个一定要设定界限的人。他换掉了几个字并按下发送键。

他最终从棚子里出来，拿着几块薄板和一块长板，这时露台上已经被各种物品覆盖，家具散落在整个院子里。看起来好像他们在进行车库拍卖一样。索菲也在外面挂上了他们的衣服，希望在晚上到来之前闻起来像风和太阳的味道。它们挂在那里，看起来很廉价。

在小木屋里，索菲首先清扫了玻璃碎片，然后带着一个大垃圾袋四处走动，将那些无法抢救的东西都扔进去。她决定先留下放在厨房吧台上的盐和胡椒瓶。它们非常可爱，是两只企鹅的造型，带着皮革的小翅膀。翅膀已经湿透了，里面只剩下黑白糨糊了。真是一团糟！索菲把头靠在厨房的橱柜上，就好像一扇门在她的脑袋里内外摆动，向外朝着光明，向内朝着黑暗。嗖，嗖。光明，黑暗。光明。黑暗。这有什么意义，她想。清洁，整理，抚平，只是为了那种幻觉，安慰的幻觉，平静的幻觉。

当她终于准备开始清理污水的时候，奥托已经开始修门了。首先他将门框牢固地钉在出入口上。他这样做的时候看着索菲，仿佛在说：这下好了，现在暂时不能再通风了。然后他开始钉上平板和厚板。屋里变得半明半暗，像森林里一样阴沉。在恍惚中，索菲拽着拖把穿过泥浆和污水，旋转，拖动，旋转，拖动。水桶装满了，她直起身准备将它拎到外面去清空。当她抬起头时，两条腿闯进她的视线。她马上就知道，那是他的腿。沾满泥土的长筒靴。他系在裤腿上的方格反光带，还有步枪——鲁格 M-14。这个名字是烙印在她记忆里的东西之一。鲁格 M-14。她的耳朵里传来一种奇怪的声音，一种低沉的嗡嗡声。她再次低头看着地板，当她再抬头看时，它却消失了，嗡嗡声也消失了，其他的声音又回来了。奥托在外面敲敲打打，音乐在收音机中流淌着。索菲深深地吸了几口气，小心翼翼地站了起来。她的膝盖很疼。她意识到她刚才出现了一种幻觉，与其说感到害怕，不如说感到震惊。这么多年来，她一直在等待着女儿出现在她面前，在梦中，在想象中，或仅仅是在许多人提到的那种存在中。她所在的丧亲支持小组中，一个女人知道了自己的儿子与大自然融为一体后，通过在森林中与小鸟对话，找到了安慰。另一个人告诉索菲，她在墓地找到了一种联结，她能够在那里跟逝者进行长时间的交谈。其他人在特殊的房间里、特殊的地方感受到逝者的存在。索菲从未感受过这样的存在。她在玛丽那里找到的只有沉默。她的女儿完全彻底地走了。而现在他来了。索菲抓住水桶，小心翼翼地慢慢走了出去，好像有什么东西会破裂一样，好像她是一个老妇人一样。

当天晚些时候，他们终于打开了野餐篮。露台上不再有留给他们的空间，在小木屋里，风扇加热器起劲儿地咆哮着。当索菲拿出咖啡时，奥托坐在了扶手椅上。扶手椅放在了外面，这样底部的皱褶可以在阳光下晒干。索菲拉过一张小桌子坐在门阶上。

“这次损失有多严重？”她问道。这是他们第一次聊了好几个小时，他们的话徘徊在空中，拍打着翅膀，准备好被回应或者被击落。

“用钱来衡量？”

“是的，或者用工作时间。”

“我们自己无法解决这个问题。我想办法把门关上了，所以现在我们只能希望我们能够说服装玻璃的工人尽快赶到这里。”

“那用钱来说。”

“不知道。”

奥托看起来对自己坐着的地方几乎是心满意足的。他眯着眼睛看着太阳，咖啡杯靠在他的肚子上。他们头顶上的天空就像一幅画，白云如此轻盈，看起来好像是用海绵擦出来的一样。他们踢掉了靴子，奥托只穿着短裤和汗衫。很难相信另一场暴风雨很快就会到来，就像上一场那样强劲，但这就是他们在收音机上所说的，当时索菲正在手脚并用地擦干地板。另一场初秋风暴预计本周将席卷全国。光明，黑暗。光明，黑暗。突然间一种强烈的愿望向她袭来：只想无忧无虑，只想快乐，无他。她总是那个一定要破坏气氛的人。

“另一场暴风雨就要来了。在周末，也许更早。”

“你在开玩笑吧。”

“气象学家说的。现在连政客都很担心。”

“那么我得把门固定得再结实点儿，那些木板撑不了很久的。”

“但如果木匠……”

“是装玻璃的工人。不知道能否找到人在这么短的时间内赶过来。”

空气中再次充满了不安。太阳烧灼着他们的脸，索菲感到汗水沿着脊背流淌下来，一直流到她的短裤里。但是，一股寒意从地面蜿蜒而上，穿过她的运动鞋，爬上她的腿。她曾希望他们能留在小木屋里过夜，而现在当奥托说他们只能让风扇加热器整夜开着的时候，她心里却迟疑了一下。

“这么说来，我们必须留在这里？”她说。

“这不正是你想要的吗？”

汩汩的冒泡的声音。他们脚下的地面还在活跃着。数百万有机体在黑暗中运动、清理，或者只是让一切继续。他们从未停止过，总是在工作。

“‘你想要的’，听起来像是一本书的名字。”索菲最终说道。

“是的。一部典型的挪威小说。”奥托说。

“关于你曾经期盼的一切……”

“……以及现实究竟如何。”

“典型的人生。”索菲说。

“典型的小说。”奥托说。

索菲低头看着右手，几次试着打开、合上拳头。被蜱虫叮咬的地方已经肿起来，她感到手有些麻木和僵硬。这一点儿也不奇怪，因为她一整天都在把手伸进脏水里。她本应该戴橡胶手套的。

“我又想到了什么，”奥托说，“《饥饿》是十九世纪末的最佳书名。接下来最好的应该是二十世纪末的挪威小说《饱食》。这本小说去哪里了？”

“我们倒是有《征服者》。”索菲抬起头说道。

“《征服者》，是的，那也一样好。很快就会有人跟进，写部小说叫作《呐喊》。”

“也许我应该写那个。”

她的声音里有着几乎难以察觉的心碎。奥托不得不给自己一点儿推力才从扶手椅上站起来。他坐在门阶上，胳膊环抱着她。搂得更紧了些。她陷入他的怀抱，既柔软又僵硬。他能够感觉到她身体的僵硬，她的背挺得笔直。

“我们今晚会待在这里，”他说，“我们可以在海滩上生一堆火。这将会是一个愉快的夜晚。”

“你想要的。”索菲说。

“你想要的，”奥托说，“就是我们想要的，现在。”

傍　晚

“天体，”索菲说，“现在我明白了。”

“你明白了什么？”

月亮正升上天空。海面上泛起一抹银色，闪烁着，跳动着。

“那个古老的称谓。他们以前称之为天体。它从这里看起来就像一个有生命的形态，从那个边缘爬上来。”

天空万里无云，非常安静，他们的邻居已经回到家中，他们两个是这个广阔无垠的大厅里唯一的观众。最靠近小屋的海滩是一个小海湾，有一条窄窄的沙质细腻的白沙滩，上面布满了深色的圆形石头。天空已经拉上了一道紫罗兰色的窗帘，月亮在上面向上滑动，最初大得不可思议，呈现血橙色，就像在缓慢地跳着舞踏[1]。正在它似乎要穿过水面朝他们翻滚而来的时候，它开始上升——一时间看起来好像挂在了峡湾上，但接下来，随着几乎能听得见的柔和的爆裂声，它抽身离去，自由地摇晃着向天空飞去。它完全变圆了，但现在的颜色是不那么可怕的万寿菊色。

他们坐在一块平坦的石头上，那里还储存着太阳的温暖。在他们前面的沙滩上，一簇小小的火苗闪闪发光。他们完成了他们在小木屋里力所能及的一切。下午，奥托认为必须把门钉得更坚固一些，所以开车去了最近的加油站。除了几卷厚厚的塑料布外，他还带回来一包香肠，准备烧烤用。现在他们正把香肠穿起来，放在余烬上烤。

"它几乎有点儿可怕。"索菲说。

"什么？月亮？"

"是的，不仅如此，它还如此安静。我感觉我今晚没有听到一只鸟叫，整个下午也没有。空气很厚重，颜色还这么强烈，正是暴风雨来临前的预兆。"

"但暴风雨还没来呢，不是吗？"

---

[1] 舞踏，源于日本的一种舞蹈，舞者全身涂满白粉，表情与肢体扭曲而痛苦。

她盯着他们身后的森林。月亮的红黄色光芒和火焰的闪烁让树木看起来像是在跳舞。深绿色的阴影在树干之间偷偷地进进出出。在他们周围，海滩焕发出苍白的、烧焦的颜色。这些石头看起来像是一个时运不济的人的皮肤，他被埋在了沙子下面。

“但丁的地狱。”她说道，没有进一步解释。

“是的，有些东西在那里徘徊。”

奥托一直在看着火，翻转滚动着烧烤棒，他没看到索菲看到的东西。她开始吃香肠，发现有一头全都凉了，但发现得太迟了。她把棍子和一半的香肠扔进火里。

“索菲。”奥托不赞成地看着她。

“哦。”她把脸藏在手后面，“我真的太疲惫了。”

“你饿了，就是这么回事。喏，你吃我的吧。”

“我受不了香肠。”

“我们只有香肠。索菲，你不能不吃。你最近又瘦了。”

她抬起头看着他。

“这是真的。你吃得越来越少了。你说你饿，却只吃一点点，剩下一盘子食物。”

“我完全正常。我没有真的变瘦，是吗？”

“很奇怪你自己没注意到这一点。这对我来说很明显。你不能变得像你原来一样瘦。”

索菲拿起他一直放在她面前的香肠。他穿起了一串新的，拨了拨火。火花向上飞，熄灭，重生为小的、几乎看不见的灰烬，落在头发和衣服上，或者在凉爽的沙子中安歇。

“我一直控制不住地想你的前夫。”

“呃，你也允许他在这里打扰我们吗？”

索菲几乎没有注意就吞下了烤肠。她现在可以强烈地感受到她的饥饿感，然后她试图将烧烤棒从火中捞出来。

“对不起，”奥托说，“但是你在车里告诉我那些事之后，他总是蹦到我的脑海里，就像那些从未停止过表演的歌舞人物一样，戴着帽子，拄着拐杖。”

“你看过他最差劲的一面，在他最自怜的时刻。他在葬礼上很糟糕。”

“是的，没错。”

索菲烧到了自己的手指，不得不放弃了伸手去够烧烤棒的念头。奥托递给她另一根烤肠，她接过来立马吃起来。难道她没注意到它有多烫吗？奥托想。

没有，歌舞人物也开始为她唱歌跳舞了，或者更确切地说，他们开始咳嗽、吸鼻涕、呜咽，在教堂的长凳上翻滚。索菲关于葬礼记得很少，但她能回想起他的声音和手势。他在仪式开始前才跌跌撞撞地到达，并因为他没有钱支付出租车费而引发了一场争吵。尤迪特跳起来，出去帮他解决了问题，她还在外面的时候，钟声已经开始响起。莱昂尽力挤到了索菲身后的长凳上。索菲的脖子僵硬了，当他向她靠近，解释说他只是没时间去取钱的时候，她想大声尖叫。但是奥托打断了他。她也记得，后来奥托如何轻轻地握住她的手，但也不是太轻，他是如何试图在那个充满了别人的悲伤和别人的需求，几乎没有任何空气留给索菲呼吸，没有空间可以动一动的房间里为她腾出空间的呢？他们的悲伤怎么可能比她的更大，占据更多的空间呢？

奥托在火光中打量着她清晰的、干净的轮廓。她的身上有一些他从未理解的东西，而最大的谜就是这个谨慎、眼光敏锐的女人如何能为莱昂这样的人沉沦。在索菲的旧相册中，莱昂在照片里看起来年轻一点儿，也没有那么无助。奥托只看过几次这些旧相册。这些照片给了他一种非常不安的感觉。他看到一个看起来像他妻子的女人，但她的笑容却有所不同，她轻佻地歪着头。后来，她不再轻佻地歪着头了，她不再投给世界戏弄的眼神。她自己也说过，这张照片属于另一种生活，那时候她是另外一个人。一个完全不同的人，她是这样说的。

也许她现在比那些老照片里更漂亮，但不再光芒四射，或者说不再是以同样的方式散发光芒。她曾经是派对的灵魂，是那个想出滑稽动作的人，也是那个即使预报会下雨也确信会有阳光的人。现在活跃气氛成了他的工作。奥托看着她，她看着月亮。她注意到了他的目光。

“是蒙克想到了月光。在他的几幅画中，你根本看不到月亮，只看到水中的条纹。在某种程度上，他将月亮限制在了地球上。”

奥托很了解这个主题。索菲曾在维也纳住过一段时间，撰写了关于《海滩夏夜》的论文，这幅画背后的故事深深吸引了她。她不是唯一一个被吸引的。文学教授莱昂·施莫尔特，据说是维也纳艺术界的名人，曾发表过几篇关于这幅画的文章。这幅画被当作爱情礼物送给了古斯塔夫·马勒[1]的侄女阿尔玛·马勒[2]。阿尔

[1] 古斯塔夫·马勒（Gustav Mahler），奥地利杰出的作曲家、指挥家。

[2] 阿尔玛·马勒（Alma Mahler），此处原文有误，应该是古斯塔夫·马勒的遗孀。

玛曾在她的第二任丈夫——建筑师瓦尔特·格罗皮乌斯在第一次世界大战期间离家为德国而战时，与作家弗朗茨·韦尔弗产生了一段感情。格罗皮乌斯休假回家时，带来了这幅画，却得知妻子与别人生了一个孩子。婚姻结束了，但阿尔玛·马勒保留了这幅画。在第二次世界大战期间，阿尔玛·马勒和犹太人弗朗茨·韦尔弗不得不逃往美国，阿尔玛的继父——最初曾与蒙克通信想要确保在维也纳展出他的一些画作——将《海滩夏夜》卖给了一家纳粹控制的画廊。战争结束后，直到2006年，奥地利一直拒绝将这幅画归还给阿尔玛·马勒。在索菲撰写论文时，这幅画挂在维也纳的贝尔韦德宫。奥托觉得事情是这样的，莱昂帮助她获得了接触这幅画的机会，然后他们开始定期在画廊附近的咖啡馆见面。

一定是那里浓厚的艺术和文化氛围俘获了她，奥托想。她沦陷在音乐的洪流、知识分子的高地、华美的建筑、高耸入云的屋顶、独特的风格、在咖啡桌上数小时的与挪威风格相去甚远的交谈，以及来自一位受人尊敬的老教授的兴趣中。也许他曾向她献殷勤，以那种讨女人喜欢的有点儿笨拙、无助的方式；也许是在他的公寓，所有那些房间都装满了书籍，从地板堆到天花板。

对于索菲来说，这很可能是一种新鲜感与熟悉感的迷人交融，豪华和宏伟与某种安全的、父亲一般的东西结合在一起。奥托继续想着，那么对于索菲来说——她的父亲与她从小以成年人的方式对话，在她几乎不能自己读书的时候就允许她翻阅书籍并与她讨论手稿——被这种年长的教授吸引就再自然不过了。

但是这张照片里有一些东西激怒了他，因为说到底，莱昂与索菲的父亲并不太相似。她的父母几乎从一开始就与他们的女婿不和。

“你在想什么呢？”索菲将头向后靠着，仿佛在月光下晒太阳。

“那你觉得呢？我在想你和莱昂——宇宙中最大的一个谜团。”

她咧嘴笑了，牙齿闪闪发亮。

“想你竟然会嫁给他，和他一起生了一个孩子，和他一起生活了这么多年。”

“我是一个简单的女人。”

“我能理解你当时入迷了，被诱惑了，陷入了痴恋，但你竟然会爱他？”

“从来没有到那种程度，你知道的。那一时的迷恋只是持续到我发现他每个学期都会沉迷于一个年轻学生，并且他成为父亲之后还不打算停止这种习惯之时。我们的关系从来没有时间发展成爱情，但我仍然对他有一种喜欢。”

索菲坐直了，声音变得急切。

“我讨厌他在葬礼上的行为，但他不知道如何处理悲伤。可是我们哪个人知道？没有谁可以帮助他。”

“这就是女人产生盲点的地方。一个男人表现出无助的样子，你的心就融化了，理智也随之而去了。他只为自己感到难过。他似乎一次也没有想到过玛丽，没有一句话是关于她经历过什么的，也没有关心你，什么都是他、他、他。都是他最琐碎的事情，比如他忘记围围巾而感冒了……”

“奥托，想一想。他是玛丽的父亲。他失去了一个孩子。他和我失去了一个孩子。”

奥托要说的话卡在了喉咙里。

当他安静下来时，她继续用一种温和的语气说道：“每个人都以自己的方式表达悲伤。莱昂与玛丽没有太多接触，这有一部分是我的错。我是那个搬走的人，带着我们的女儿走了。当时她只有六岁。因此，他不习惯做一个父亲，这并不奇怪。但是他给她写了很多精彩的信。每一封信都像一本书，他用报纸和杂志上剪下的图片拼贴，写了关于一个心不在焉的教授和他所经历的所有奇怪事情的一个个小故事。玛丽非常喜欢这些信。”

“是的，那个我知道。她把抽屉锁上了，不是每个人都能得到允许看里面的东西，但我说服她给我看了一些信件……”

细节。正是那些细节让人受伤，在那些细节中，魔鬼坐在那里，抓着，咬着，撕裂着。奥托知道这一点，但他不能总是保护自己，不能总是让自己及时停下来。他不应该说到最后一部分。那些信、那个抽屉、那把锁，说得太多了。一切都太早了。她细细的、小小的手打开了抽屉。那个细细的、小小的声音读着心不在焉的教授的故事。她坐在床上，打开信，那是她的宝藏。她明智地告诉他，这位教授非常像她的父亲。他脑中响起她的笑声，那甜美的声音。

他们静静地坐在那里。他们说过的话飘然而去，融入夜色。随着夜晚逐渐深沉发冷，月亮渐行渐远，月光白得像磷一样。光线聚集在水中，就像一根柱子。在月光的映衬下，月亮就像一张空洞的脸。潮水涌入，昏昏欲睡的海水开始舔舐火焰，发出嗞嗞的声音。

“我们必须在大海把我们坐的地方吞噬之前离开。”索菲说。

奥托把手放在她的大腿上，没有动。

“我一直在想，我们讨论生孩子这件事的时候，我是否太决绝了。”

“但你不想生。”

“那是以前……”

他无法继续下去了。玛丽去世以前，在她被杀害以前，在恐怖事件发生以前，他没有办法说出来。“以前”可以去说去想，“以后”可以去说去想，但介于两者之间的却无法定义。以前和以后之间的广袤地带是他们很少接近的贫瘠景象，只有寒冷、空虚、潮湿。索菲颤抖着，把膝盖缩到下巴下面，用双臂环绕着。火焰发出了更多的嗞嗞声，然后就熄灭了。

“那你现在到底想说什么呢？你希望我们当时要个孩子吗？”

她的声音带着一种坚硬、冷酷的语调。

“我真的不知道……那个之后……后来……那样会感觉就像试图去创造一个玛丽的替代品。你就是那样感觉的，不是吗？”

索菲没有回答。

“但现在我觉得以前……在我们失去她以前，我太固执了。也许我内心并不像我说出的话那么坚决，但我觉得那时的状态就很好。我们每个人都有一个孩子，他们很棒，他们过得很好，但现在我太后悔我当时没有听你的了。”

奥托做好了再次听到冷酷回应的准备，但她突然转向他，用一种完全不同的、几乎是柔软的语调说：

“你开始考虑这件事，是因为你担心彼得。你担心他，不是吗？”

“我当然担心他。”

“休假一段时间，去看看他吧。”

她僵硬地从石头上站起身，把他们带来的那几样东西收拾起来。她抓住篮子，把毯子甩到胳膊上。她用同样的语调说：“想到所有这一切都将继续下去，这太可怕了。如果知道一切都将很快结束会更好。”

他们盯着对方，但月光下的脸上只有黑暗的凹坑。天空裂开了一道缝。沙子在他们的脚下滑落，时光向前肆虐。

夜　晚

床上用品。他们本应该把床上用品也挂在外面晾干的。索菲在躺下的那一刻能感受到它的潮湿，它几乎被雨水浸透了，很难闻。整个小木屋里充满了令人厌恶的臭气，风扇加热器散发的暖空气触发了这种气味。家具又放回了屋里，但是厚重的羊毛地毯还没有干，所以他们把它留在了户外。索菲辗转反侧，她太累了，以至于浑身发痒，或许是床上用品的水分让她发痒。一束微弱的灯光从起居室照进来，刚好落在床上。她听到奥托在厨房里翻找。关于门的事他还没有多说什么。现在她把被子放到地板上，脱下 T 恤。窗户开着，但外面没有起风，窗帘一动不动。奥托不是很快就要进来了吗？

不，还没有。他正站在厨房的吧台旁，倒了一杯水。他在想是不是应该再冲一次澡。汗水在他的手臂上闪闪发亮。他们打开窗户把它顶上，把起居室和卧室之间的门打开，想要通通风。但是，就好像被厚厚的黑色塑料布包裹着的不只是阳台门，还有整个小木屋。他可以听到索菲在房间里翻来覆去。他希望她能睡着。她刚才说的……如果知道一切都将很快结束会更好……他也不希望事情继续下去，不是一切都继续，也不一定像以前那样。但希望一切都结束？他不应该过度地解读，她就是这样。他又倒了一杯水。至少水还能让人神清气爽。

小木屋的墙壁之外是夜，是宁静。在小木屋里面，是痒，是混乱。虽然桌子和椅子依然摆在它们原来的位置，但其他事情似乎并没有恢复原状；不可能在这种脏乱无序的状态中躺下来。如果能有微风吹过就好了，柔和的风吹过房间，把一切打开，冷却，清除。过不了几个小时他们就得醒过来，做最后的清理，为地毯寻找一个解决办法，然后回到城里。他忽然意识到，他一整天都没有想过他的工作。至少，那是件了不起的事。现在他认为他要做的第一件事就是到乌拉恩那里看看。他们接到指令，要在星期三之前腾出营地，不过许多人可能已经因为洪水而离开了，那里的情况看起来好像很糟糕。

奥托靠在吧台上，舒展疼痛的背部。他作为罗姆人基金会的领导者，所做的事情之一就是协商所谓的两周协议。贫困的游牧民族得到允许一次露营两周，在一个对城市居民不会产生很大麻烦的地方，这确实减轻了一些压力。但是，对于“大麻烦”这个词的含义，人们各执己见。所以他的大部分时间都花在了确保市政府和露营者都遵守他们的共同义务上。他不能比这更进一步了。建立相互尊重和理解……他第一次得到这份工作时抛出的那些美好的话语现在仍是空话，没有落到实处。

他的背部发出一声小小的咯吱声。他小声地骂了一句。

索菲赤身裸体，平躺在床上倾听着。外面安静下来。他有没有可能已经离开了，在沙发上躺着？他到外面躺下了吗？潮湿的床是如此难以忍受，她是如此难以忍受？她躺在那里，仔细地梳理整个晚上说的话。他看起来并不心烦，他说，他只是想要一杯水。她听到地板吱吱作响，然后又一次安静下来。他最近总是对莱昂大惊小怪。这让她很生气。她很少谈论他的前妻，尽管有足够的谈资。但这是与玛丽有关的。当然是玛丽。奥托是个好继父，明智，不过多干涉。他以一种与索菲完全不同的方式看待玛丽。这曾经给了玛丽很大的帮助。在索菲会因为不了解女儿的一切而缺乏安全感，并对她的每一个性格特征都感到担忧时，奥托说一切都很好。他说，这一切都是合理的，他们不理解的一切都将被证明是合理的。他们不再有机会验证他是不是正确的。但是，他保护玛丽免受索菲最糟糕的唠叨以及索菲总是背负着的担忧的巨大包袱，他是对的。

奥托躺在地板上，把双膝缩到下巴上，像一个球。他前后滚动，以按摩他的脊柱。他感到心烦意乱，因为他发给卡琳的消息没有任何回应。她通常会立即回复短信。现在他回想着信息中的话，想知道他是否过于苛刻了。他没有进入卧室的欲望。他根本不想待在卧室里。索菲很可能在想他为什么不进去。因为门的事而指责她是错误的，但她确实太不体贴了：等着他来修理一切。她说“我们忘记了”，其实指的是他。但要是让这个毁了一切，实在是太愚蠢了。一阵强劲的风，一扇未锁的门，雨水和碎玻璃落在地板上。这些都是细节，他对自己说。它太小了。这几乎没什么。

他隔多长时间会这么说？经常。生活充满了小小的灾难、小小的不幸，带来压力和麻烦，但并没有任何意义。当一个人经历了这些之后，就会觉得没有任何意义，奥托想。那天晚上的早些时候索菲说过什么呢……但丁的地狱。他们去过地狱的大门。他们曾经向内窥视。奥托停止了滚动，但仍然待在地板上，双臂抱着膝盖。他必须纠正自己。他过不去这一关。她是那个曾经向内窥视的人。

索菲是大度的。她给他悲伤的空间，并且从来没有说过他不会知道、他不可能理解之类的话。当然，他也为她感到悲伤，但是现在她把他放在了他本来的位置。"他和我失去了一个孩子"，她说这话时的声音多么冷酷。他不应该像这样对莱昂大肆批判，但是不这样的话，他也听不到她在这一切关系中是如何定位他的，而且有着充分的理由。每一个可能的理由。

地狱。他们在酒店里等待的无尽的、无法描述的时间。晚上，夜里。岛上来的年轻人，他们带来的面孔，他们带来的故事。有一个年轻人回来，就有人没能回来。他们到处都找不到玛丽。他们找不到任何一个认识玛丽的人。一时间他们抱着一种盲目的希望：她根本就没有到过那里，她背着他们躲到了其他地方。她在那个地方很安全。他们在手机上调出了玛丽的照片，到处把照片给其他人看，询问是否有人见过她。自始至终，人们不断涌入，亲戚，朋友，到处都有人在哭泣，在彼此拥抱，在不停搜索，就像他们一样。最后明显不会有公共汽车来了。这意味着什么，他们只是理解了一部分。他们继续搜索。相信他们在人群中会看到她的脸。想着也许她也是那些进入酒店睡觉的人之一。他们继续搜索，搜索了卫生间，在接待处发布公告。有几次奥托跑到街道另一边的超市，玛丽可能直接去了那里，她可能已经饥肠辘辘了。他也去加油站察看过了，在那里他发现了一个男孩，他觉得在枪击开始的时候男孩在露营地见过玛丽。男孩一边大口吃着汉堡，一边仔细研究这张照片。男孩点了点头。就是她，男孩几乎可以肯定。索菲赶过来，看起来好像想从这个可怜的男孩手中扯下食物。她连珠炮似的问他问题。不，他不知道她那时在帐篷里做什么，也许正在拿什么东西。不，他没有看到她跑去了哪里。是的，他很确定她也跑了，因为他们听到了喊叫声，有人尖叫着让他们逃跑。这个男孩痛苦地看着他们，好像他明白这就是他们所能知道的一切。男孩从门口退了出去。

夜很长，但同时又太短了。他们在酒店的大花园里闲逛，老树在他们所知道的地方都投下了阴影。索菲仍然抱着希望。早上，他们和其他人一起坐在宽敞的餐厅里。他们吃了一顿完全正常的早餐。咖啡，面包，鸡蛋。非常正常。后来，首相和王室的人来了，对奥托来说，好像岛上的秩序已经恢复了，但对于索菲而言则有所不同。她想回避，就自己离开了。奥托观察到所有的幸运者都聚集在一起。他们带着孩子回家，他们很体贴，没有向那些目光空洞、手机紧贴胸前的人道别。突然间，一定是有人收到了可怕的消息，一个女人开始抽泣。那些还在等待的人的面孔，那些在几个小时里慢慢熄灭希望的面孔。他去找索菲，在花园里找到了她。

“我不能待在这里，”她低声说，“帮我！帮帮我，奥托！我不能！我不能！”

他扶着她坐进车里，开车回家。房子里很安静。他们坐在玛丽的床上，手牵着手。他们很快就会知道一切。玛丽是在哪里被发现的，子弹是在哪里进入的，哪些重要器官已被损坏，警察过了多长时间找到的她。奥托和索菲浑然不知在玛丽的房间里，在索菲收拾整理房间的混乱之中，究竟坐了多久……在这个短暂的时间里，似乎没有任何事情发生，有一种平静的气氛。然后消息传来，他们被告知一切。索菲开始整理抽屉。她狂热地从玛丽的写字台开始，拉出一个又一个抽屉，把玛丽的内衣叠起来，汗衫、T 恤，然后整理袜子，将它们凑成对。她不可阻挡，当奥托试图靠近时她将他甩开，然后走到他们自己的衣柜，整理袜子的抽屉、内衣的抽屉，快速地整理一切，她的眼泪和鼻涕肆意流淌着。有一段时间，奥托把自己关进洗手间，逃避她的样子和声音。他再一次目睹了在她眼中熄灭的东西，索菲，她内心的那种光亮，消失了。

门外的光，每次索菲睁开眼睛都能看到。她不得不偶尔睁开眼睛，因为这种从清醒到睡眠的过渡，梦境突然成为思绪，思绪突然成为梦境，可能会把她带到她不想去的地方。她一直在想预报周末来临的一场新的暴风雨，然后她的思绪远远地飘向雨中的卡尔·约翰的画作，如同一条灰色河流的街道、黑色的遮阳伞，但也有彩虹色。这幅画中有如此多的光和力量。然后她脑子里响起一句话，它总是像闪电一样击中她。她天真地对玛丽说："我希望你永远不会长大。"她喉咙发紧，不得不坐起来，试图找到呼吸。这是每个母亲会说出来的那种荒谬的话，因为她们淹没在爱意中。玛丽高傲地笑了，没有什么能阻止她，尤其是她母亲的一厢情愿。结局已经注定，她正在路上。

索菲在床上直直地坐了一会儿。黑鹂已经开始唱歌了。这意味着现在一定是五点左右。黑鹂在黑色的夜晚。奥托不会很快过来吗？索菲把毯子盖在脚上，头靠在墙上。也许她可以这样睡一会儿。

奥托坐着，脚在面前弯曲、伸展。他跳舞的脚。他仍然有漂亮的脚趾。索菲也说过，她喜欢按摩他的脚。有时他们分别坐在沙发的两端，按摩对方的脚。他把脚趾蜷缩在一起再伸展开来，机械地重复这些动作。他看得出来，索菲在那里等着。他们之间仍然有这种强大的联系，他几乎总能回想起他们第一次见面时的魔力。有什么能比在婚礼上见面更浪漫？那是在户外花园里，一场夏日婚礼，一顿室内晚餐，还有咖啡和舞会。奥托的一位同事与一位在美术馆工作的女士结婚，新娘邀请了几位同事，一群美丽的女人在等着他，等候他的青睐。在他来之前流言就传开了：奥托跳舞跳得很好。他是少数几个真正能够跳舞的人，并且能够跳一整个晚上。跳了第三支舞后他的衬衫湿透了。他注意到了索菲。“你一定会跳探戈。”他在走出洗手间的路上遇见她时对她说。是不是太明显了，她笑了。舞池是露天的，很快就下起了雨。很可能就是这场雨施展了魔法，吸引了他。她继续跳舞。她没有问问题，没有停止，没有抱怨她的头发、背部、肩膀被雨淋湿了。他们被挤在了一起，一种温馨的气氛在两人之间蔓延开来。这场雨紧紧围住了他们。除了他们之外，什么都没有，在一场亲密而且越来越忧郁的舞蹈中。

然后还有林中的散步，在他们握手之前，在他们亲吻之前。随着黎明之光，雨停了，所有的婚礼客人都分道扬镳，而他们来到了这里。一条小径环绕着一个宁静的池塘。她曾在布宜诺斯艾利斯学会了跳探戈舞，并讲述了一个与已故妻子一起跳舞的鳏夫的故事。他双臂弯曲着前伸，好像抱着一个女人跳舞一样。他每周都在同一天来到米隆加，那是个大型舞厅。他总是穿着优雅，面孔友善，舞步精确。他伸出一只手，旋转着。有时他会大胆地对她说些什么。有时雨会透过屋顶。游客回家了，但那些心有所属的人继续跳舞。索菲回忆起这个故事，这也变成了关于他们的故事。难道奥托没有在第一天早上就想到他和索菲应该成为这样的一对夫妻，彼此相拥，带领对方走过人生，走向暮年，但愿也能走向死亡？是的，奥托想，但愿也能一起走向死亡。

她一定睡着了一会儿，至少打了个盹儿，因为奥托在她旁边。他也没有盖毯子，她可以看到他背对着她的轮廓，像个孩子一样蜷缩成一团。房间里几乎是黑暗的。她转身抚摩着他的手臂，他微弱地哼了一声。她的手沿着他的身侧游走，一路伸向他的肚子，他皮肤的褶皱里还有汗水。“你刚才做了什么？”她低声说。她没有听到回复。但是，当她轻轻地将手滑过他的身体时，他有一个微弱的动作。她继续向下抚摩他的大腿，它上面覆盖着一层薄薄的汗水。通常他的身体这样潮湿的时候，表明他生病了或者紧张了或者感觉不太好，但现在他很温暖。她悄悄地爬过去贴着他的背。她汗涔涔的，他也汗涔涔的。房间漆黑一片，她不知道几点了。她不知道自己想要什么，有种不安的感觉。她的手抚摩，按摩，摩擦。她没有得到任何回应，最后，她直直地坐上去，膝盖放在他臀部的两侧。

她开始慢慢上下移动。不相干的思想和图像浮现在创造出来的韵律中。奥托在钉牢阳台门时的表情，暴风雨的形象，巨大的老树倒在路上，模型船折断的风帆，巨大灾难。思绪不断飘过，但她没有抓住。

她必须集中注意力，她一直在等待着回应，然后回应来了。来自臀部的一个微弱的挺进。又一个。然后是他的声音，低沉、扭曲。

“索菲，我真的不知道是不是……”

她忘情地动着，旋转、摩擦。一切都变得愈加面目模糊，转瞬即逝。她喘息着。然后她感觉到他的手垫在她的臀部，他在帮她托住。她爬回到自己的那一边，床单湿冷褶皱。她摸索着枕头，把它夹在大腿之间。奥托转过身来，她可以感受到耳边温暖的气息。他刚才不是要说什么吗?

她躺在床上，等待着一种羞耻感，但没有来。相反，她感到放松、平静。过了一会儿，她可以从呼吸中听出来他睡着了。

周一

MONDAY

索菲开得很快，已经很迟了。奥托绝望地想要找到一个人来修理阳台门。她盯着前方的路，听到一个又一个失败的通话。她其实非常疲惫，不应该开车。她之前的一点点睡眠填满了奇奇怪怪的梦，残留下来的只有简单的图像和感觉。逃生，森林，锋利的牙齿。但是有一个梦非常清晰，也就是她所谓的反复出现的梦。它又回来了，有了新的变化。梦的内容是有人托付给她一个孩子。那个孩子总是个女孩。她四五岁的样子。从来不是玛丽，这些梦中的女孩没有人长得像她一样。索菲应该照看这个女孩的原因还不清楚。梦就是这样。但孩子就在那里，日子开始变得平凡，那个孩子成了她的孩子。他们是一个家了。这些梦醒来之后，她都会有一种温暖的感觉，最终又能为一个孩子尽到责任的良好的感觉。然而，今天还有那么多不清楚的梦的意象。

奥托最终放弃并放下手机的时候，他们正驱车前往市区。他们可以瞥见它就在前方，被挤压在低矮的山丘之间。他们沿着摩斯维根大道行驶，那是一条绿色的走廊，它的一侧是树木掩映下波光粼粼的峡湾，另一侧是古老的带有花园的木屋，花园就像绿色的小山谷，此外还有新的低层建筑，展示着由玻璃和钢制成的不成比例的阳台。这将是温暖的一天。车流变得越来越缓慢，最终完全停了下来。索菲不停地按方向盘上的喇叭，奥托看着时钟。几分钟过去了，索菲摇下了她那一侧的窗户。充斥着汽车尾气的空气给人一种咸咸的刺痛感。大海闪烁着微光。奥托打开收音机，里面正播放着关于洪水危机的讨论，现在主要内容是关于伤亡数字、损害赔偿以及最终对社会造成的损失的惊人估计。汽车的队伍向前移动了几米，然后又停了下来。他们是这条缓慢的灰色河流的一部分，夹在一切呼呼作响、闪闪发亮的东西之间。

看看我们过的这种生活，奥托想。我们在这里，将自己封闭在小小的罐子中，环绕着我们的是这种多姿多彩，这种年复一年地向我们展示的巨大慷慨，这种我们无法接受的东西。此外，高楼大厦的玻璃幕墙猛烈地击退了阳光。城市生活灿烂、肮脏，如此混乱。真的是一种痛苦的快感。试想一下，对于那些一百年前雀跃着来到城里的人来说，这个城市看起来也是这样。三百年前也是如此。一个垃圾场，一个污水坑。跟随着照明的街道和打开的门，有许多地方可以进入。小小的奥斯陆，就像所有的城市一样——所有城市都有自己的规则，所有城市都以自己的方式过着不健康的、危险的生活，而我们都想要进去，奥托想，我们每一个人。

树梢越过路面伸展到他那一侧摇晃着，野草从地上的裂缝中钻出来。下了一点雨，一切又开始如火如荼。所有的机器。大海用细细的光针刺穿了驾驶员的侧窗。索菲靠在座位上，闭上了眼睛。

“一定是发生了事故。”奥托说。

“我想我得直接去上班了。”索菲说。

“那你要先把我送回家，我需要转车。”

索菲瞥了他一眼，点了点头。她在小木屋里找到了一条干净的过膝牛仔裙，正好可以与她的蓝色衬衫一起作为工作装。她不能冒险，在启动会议时迟到。卡琳给她发了一条短信，说上周末，尤其是周日，来了很多人。这对我们有好处，她想，对韦格尔曼有好处。熟悉的疼痛开始蔓延到她的肩膀和臀部。虽然肿胀在夜间消退了一些，但被蜱虫叮咬的地方还是很疼。疼痛一缕缕地从她的手腕蔓延到肘部。它来了，她想。毒素正在通往心脏的路上。

“我不知道我能不能确保小木屋的安全。没有人能接受这份差事，直到十月的某个时候。”

“在我看来，你已经做得很出色了。”

车流开始松动了。他们一点点往前挪，一次几米。奥托摇下窗户，探出身子向外看，试图看清前方发生了什么事。

“有警察和救护车，”他向她通报，“看起来像是撞车了。”

不久，他们开到一名警察那里，警察正小心翼翼地引导汽车绕过事故现场。

“别看。”奥托说。他自己却伸出了脖子。一辆运输卡车一半伸出沟渠之外，前面有一辆小型客车，整个侧面都碎了。在混乱之中，他看到了割炬的火花。

“你说我不应该看，”索菲说道，“那你看到了什么？”

“他们试图将车辆残骸割开把人救出来。”

奥托没有提到以奇怪的角度从玻璃上悬下来的无力的手，还有一位女警试图拉开的那个孩子。但索菲可以听到他的哀号。

“看起来很严重吗？”

“是的。”

现在事故现场在他们的后面了，但镜子仍然反射出警车上跳动的蓝色灯光。索菲呼吸着，鼻子吸气，嘴巴呼气。

“你看到了，不是吗？”

“我看到了一些，但我不好说她伤得多严重。”

“所以是一个女人？”

他点了点头：“我很确定。”

她的手臂是棕色的，很修长。他透过碎玻璃瞥见的是她的头吗？还是那只是他的想象？弯曲的脖子，头向下垂，头发落下，脸埋藏在后面。

“她是怎么坐着的呢？她在流血吗？”

“索菲，别问了。”

他们继续沉默地行驶着，穿行在崭新的、行之有效的交通机器之间。街道狭窄，公寓楼拔地而起，人行道和公路上满是骑自行车的人、踩踏板车的儿童、成群结队昂首阔步的狗。延斯别尔克斯大街的警戒灯亮了，索菲放慢速度，为一群孩子停了下来。日托班的出行。他们每个人都穿着小小的绿色反光背心，两个一排，手拉着手，喋喋不休，兴高采烈。他们在去温室的路上，也许是去游泳池。在这群小小的人儿身后，街道就像一条光的隧道。索菲拉下遮阳板。他们的街区从一天进入另一天，看起来就像两个完全不同的世界。

索菲在门口把奥托放了下来。他翻遍了行李箱，里面都是装满垃圾的黑色袋子，还有装着他们带回来修理和清洁的东西的箱子。

"我有些东西找不到，"他向她喊道，"那个该死的地毯……"

"好的，我们今晚会来解决。"

奥托一直等到索菲开走了，他在原地站了一会儿，感觉像是被拉住了一下，然后又被松开了。他扛着大大小小的袋子，坚持着爬到五楼。公寓里的空气很浓郁，有一股淡淡的腐烂的水果味。奥托在洗澡的时候发现了一只蜱虫，他前一天晚上检查时那儿还没有。他在腹股沟上涂肥皂的时候感受到了这小小的一簇。他咒骂着，身上还滴着水，在橱柜里翻出一把镊子。当他把这个小动物拔出来时，几根体毛也跟着拔了下来。他感受到了刺痛，又开始咒骂。该死的害虫，它吸干了大自然中所有的快乐。欣赏草地或小树林的美景时，他不可能同时想象出数百个匍匐的吸血动物。这些看不见的害虫缓慢地但确定无疑地侵略着这个国家。根据最新的报告，一直到林木线都能看到它们的身影，它们总是带来新型的感染。

奥托把自己擦干后，不得不把浴室也擦干，他把水弄得到处都是。他穿上一件干净的衬衫和一条轻便的裤子，发现手机上有几个未接听的电话，还有来自卡琳的短信。他不再擦头发了，只将钱包和钥匙扔进包里，一边匆匆走下楼梯，一边开始阅读信息。突然之间，手机像一支银色的箭一样在空中盘旋，他的身体感觉到轻盈和自由。当邻居打开门的时候，奥托在外面的平台上仰面朝天地躺着，双脚在最低的台阶上。他已经昏迷了一会儿。

“你受伤了吗？”邻居紧张地问道，“你受伤了吗？”

“受伤”这个词与那种超现实的、重击的感觉，那种燃烧、恶心、震颤的感觉没什么关系。奥托无法辨别各种各样的感觉源于何处，或者去向何处。他能感觉到头抬起来很疼，所以他把头放了下来。如果他能不再动了，那么一切都会好起来的，他想，趁一切没有再变黑之前。接下来他知道的就是，他仰面躺着，一个男人正用一支小手电照着他的眼睛。

“你叫什么名字？”拿着手电筒的男人问道。

“奥托。”奥托说。他能听出来他的声音很不稳定，感觉到一种温暖的东西正沿着他的下巴滴下来。

“你知道今天是星期几吗？”

奥托试图环顾四周，但很难转过头来。他的头好像被卡住了一样。他唯一可以看到的是楼梯的蓝灰色墙壁，以及他的邻居长长的、关切的脸。他的邻居正站在那儿扶着栏杆，穿着一件短款的棕色浴袍。从他所在地板上的位置，奥托可以看到邻居那苍白多毛的大腿。他们很少看到这个邻居，但他们经常注意到从他的公寓里飘出的烟味。索菲深信他没日没夜地坐在屋里看电视、吸烟。现在奥托可以告诉她，那个男人坐在屋里看电视、抽烟，什么都没穿，除了浴袍。

“星期一。”奥托咕哝道。

“好，你还清醒着。你跌得很厉害，现在我们要带你去急诊室好好检查下。”

拿着手电筒的男人示意，一个鬈发垂到了眼睛的年轻男人来到了奥托的身边。他看起来就像彼得。“哦，你好。”奥托惊讶地咕哝道。然后就被抬起来小心地移动。带着地毯，甚至用上了皮带。除了顺其自然，没有什么可做的。他们抬着他走过街区的时候奥托试图表达感谢，但他发现很难活动嘴唇。

在启动会议之后，索菲和阿斯蒙德与另一位策展人弗兰克一起喝了杯咖啡。她简单的衣着获得了一些赞美，人们说她看起来特别有夏日的感觉。她总愿意穿黑色，会不会真的烦扰到谁？当她停止这样做时，会让他们开心吗？她坐在会议桌的边缘，晃着脚，感觉就像二十世纪五十年代电影里的一个小女孩。夏意，夏日的阳光，无忧无虑。她让那些男人笑了。她讲述了灯罩下面的青蛙，以及她和奥托如何围绕没锁的门吵架的故事。她接到了前台的电话。有一个姓霍普斯托克的人在那里等着，想跟她说话。她很困惑，她说请他在那儿等待，她很快就会下楼。

“噢，不……”一交代完毕她就这样说道。

“什么？坏消息？”

阿斯蒙德坐在那里，信心十足，双臂伸展到脖子后面，双脚放在桌子上。像那样伸展的男人可以说明什么？是一种标记他们领土的需要，还是仅仅是他们一直随心所欲地占据这么大的空间？索菲站了起来。

“不，我只是不想见到他。”

“你为什么不说你没空？”

“是的，我为什么不说我没空？想象一下有没有对这种说法的回答。”

在她离开时阿斯蒙德兴高采烈地挥了挥手。索菲在下楼的时候，对着楼梯间墙壁咒骂着。她开始硬起心肠来。这个男人到底想要什么？她马上注意到了他，他站在那儿，神情茫然地盯着一个展示柜。他身材高大，有些驼背，一头鬈发，肩膀上背着一个破旧的皮包。他看起来很烦恼，嘴唇苍白。他也看到了她，她走过来的时候，他伸出一只手准备好，歪着嘴笑。

“嘿，索菲。感谢你抽出宝贵的时间。这会儿一定很忙吧。”

“是的。”

她可以听到自己的回答简短，不客气。

“我来是请求你的原谅，”他迅速说道，“不会占用你很长时间的，我保证。”

他们不能继续站在那儿了。一群西班牙游客正在喧闹着互相交谈并与寄物间的服务员大声说话。索菲犹豫了一下，然后摆摆手，带着他走向那个小小的咖啡吧。天这么早，咖啡吧里几乎空无一人。她在门旁边找到一张桌子，并向柜台后面的伊芙琳示意端咖啡过来。

“谢谢你。”他说着，把包挂在椅子上。索菲示意他坐下，然后自己也坐下来，坐在了椅子的边缘。

“我不想耽误你太长时间，”他说着，双手交叠放在身前的桌子上，“就像我提到的那样，我只是想请你原谅我周六的行为。”

索菲很高兴这一刻伊芙琳端着咖啡过来了，让她不需要立即回应。他为什么来找她？他不可能决定找到每一位客人，四处请求别人原谅他的行为，不是吗？

雷思·霍普斯托克推开了杯子继续说道：“我不是指我晚饭后那可怜的表现，尽管我也应该因为那个请求原谅。但是当我不停质问你的悲伤和秘密时，我实在是太没有教养了……现在我知道你经历了什么。是的，你们两个离开之后，有人谈论过你。我，还有任何一个人都应该知道，不能以这种方式践踏别人的底线。因此，我一定要来这里请求你的原谅。我真的很抱歉，我越界了。”

索菲张开了嘴，然后又闭上了。她想说没关系我很好，但实际上她一点儿也不好。现在她开始想象那些人坐在那里，半满的酒杯，还有他们同情的表情，谈论着她。那种感觉很不好。

“我知道一个道歉是不够的，你可能不会接受，但我还是想说出来。很多人失去了孩子，因为同一场……悲剧……他们一直是我的客户，所以我对你经历过的事情有一些了解。出于这个原因，我感觉这是我多年以来最惭愧的事。我常常表现得像个白痴一样，但是做出那种心理欺凌的事来，我实在是太没教养、太没脑子了。”

他讲话的时候索菲没办法看着他。她低头看着桌子，看着她的手，然后她的目光固定在他的脸右侧的某个地方，然后滑过去，穿过玻璃门。西班牙游客已经不在视线范围之内了，但是卡琳冲了进来，带着一个购物袋走过前台，然后向他们瞥了一眼。

“你不必说什么。我可能不应该再把我的想法强加给你了，但我想说我非常清楚你很生气。还有一件事我想说，而且说出来有点儿困难。”

他来来回回地推着小小的白色杯子的托盘，但是动作很轻微。他一口咖啡都还没有喝。

“我应该小心些，不该说我对你知道些什么，索菲。但我确实知道的是，我的客户经历过和你相似的事情，他们有很多创伤和情感问题要处理。我并不是说与专业人士交谈对每个人都有帮助，当然也不是任何时候都有帮助，但在特殊情况下，它可以成为一种防卫。”

“防卫？”她冷漠地说。

他把眼镜向上推了推，他们的眼神相遇了。

“是的。我还可以使用很多其他的词，但我相信你理解我的意思。”

他从口袋里取出一张卡片。白色的卡片，上面有黑色的字体、红色的符号，看起来像一株藤蔓。

“这是我的名片，后面还有我在这个城市的同事的名字。我和她都能立刻为你腾出时间。那么，现在我就不打扰你了。”

告别的时候，他握住她的手好几秒钟。太长了，索菲很困惑。她很生气，但她也感到很平静。他太过分了，又一次，但是有一种真挚的情感从他身上散发出来。

“谢谢你听我说完，索菲。祝你一切安好！”

自动扶梯载着她升起，远离他，远离这次相遇，这虽然是件令人不愉快的事，但以一种奇怪的方式起到一种抚慰的作用，让她处于一种平静的状态。它也许创造了一个开端，但那是什么的开端呢？她任由扶梯带着她向上穿过博物馆。她回到办公室时才低头看手机。有人打了好几次电话。她不认识这个号码，机器上的声音也不熟悉：

“你好，我是急诊室的值班人员。你的丈夫在楼梯上摔倒之后我们把他带了过来。他现在正在接受检查，你可以拨打这个号码。”

她的膝盖开始颤抖。她无法控制，只得坐下来。卡琳刚刚从走廊里路过，又倒退回来并把头伸了进来。

“索菲，发生了什么事？”卡琳走进来，关上了身后的门，“怎么了？你的脸白得像鬼一样。”

“我刚接到急诊室的电话。奥托从楼梯上摔下来了。”

"天哪……有多严重？"

"不知道。我没有办法打这个电话。"

"你想要我来打这个电话吗？"

索菲盯着手机看了很久，用同样空洞的目光看着卡琳。

"不用了，我必须亲自和他们谈谈。"

她拿起电话。卡琳退出去了。

"我会在外面等。"

一个男人接了电话。索菲不知道该如何组织语言，但他立刻理解了她的意思。

"他，是的，不久前救护车载着他来了。"

"救护车？"索菲几乎发不出声音。

"是的，他摔得很重，"那个男人轻声说道，"但他现在好了，我的意思是，"他迅速补充道，"我相信。"他总结道，咕哝着，好像他最终也不太确定。

"但他……"她的声音完全在颤抖。

"他们现在正在给他做检查。他完全清醒着，我可以让他检查完之后给你打电话。"

"我现在正在路上。"索菲说。

女王尤菲米娅大街在炙热的阳光下伸展在她面前，街上几乎空无一人。这座城市最新的海滨长廊实际上是一座桥梁，位于古老的海底上方的一千一百个支柱上。这条街在短短几年内就下沉了几厘米，就像布耶维卡的大部分高层建筑一样。泥泞，泥泞，索菲沿着这条宽阔的步道半跑半走时，心里吟诵着什么。她需要一个词、一个节奏，让那些最糟糕的形象不要再靠近她。压碎的头骨，破裂的锁骨，牙齿被敲出来……她的幻想完全自由了。在两者之间，雷思·霍普斯托克的脸浮现出来，他破旧圆眼镜后面那凝望的目光，他那平静、单调的声音。泥泞，泥泞。走到街道的中途，她突然意识到她忘记了她的车。一开始她继续前行，但很快意识到她需要这辆车将奥托接回家。她转过身，迅速走了回来。尽管人们投入了很多工作，才给这条街带来一抹绿色，但它还是很宽、很长，还是不可思议地荒芜，沿着电车轨道种植的圆柱状的英国橡树已经开始衰败了。关于树木生病的可能原因和处理方式已经有过几次讨论，有些人认为死掉的树应该用新鲜的树来替换，有些人则认为最好整排都放弃。总会有人只想把一切都摧毁。泥泞，泥泞。她的脚底燃烧着。去停车场的最后几米，索菲是跑着去的。

到了急诊室，她被要求坐在候诊室里，直到奥托检查完。

“他们现在正在给他缝合。我们会告诉他们你在这里。”

索菲在窗边找到一条长凳。一个年轻女子也在那里等着，薄薄的浅色头发，穿着超级紧身的牛仔裤。她弯着身子坐着，闭着眼睛，无法看出她是因为吸了毒很痛苦，还是仅仅在避世。在候诊室的另一端，一位女士用索菲无法理解的语言喃喃地说着什么。每次护士走进房间时，她的抱怨都会升级。索菲回忆起有一次来过这里，和玛丽的一位朋友一起在这里过了一夜。她叫什么名字来着？难道自己再也记不起女儿朋友的名字了吗？无论如何，那是在一个星期五的夜晚，在女孩们帮忙炸玉米饼的时候，玛丽割伤了手。那真是一场骚动。星期五晚上在混乱之中在这里候诊，患病的人和吸毒的人蹒跚而过。两个小女孩中的一个，手用纸巾包裹着，试图在电话里让她那正身处山间小木屋的父母平静下来。那是很久很久以前，那时生活有很多事情要去组织，小女孩们进进出出，到处打电话。

索菲环顾四周，浅色的墙壁，长凳不再是塑料凳了。坐在那里抱怨的女人上方的墙上是一张海报，上面有一张巨大的蜱虫的图片。这是某种警告海报。索菲想，无论如何，它一定是为了吓唬移民不要将孩子带入森林和草地而制作的。放大了数倍的蜱虫看起来比任何熊或驼鹿都更加危险，而熊或驼鹿是她童年时被教导要小心的动物。她走过去看那里写的东西。有一个蜱虫所携带疾病的小小的清单，上面罗列着对应的症状。索菲注意到自己站在那里，揉搓着她戴着的隐藏她被蜱虫叮咬的伤口的手镯。伤口有点儿刺痛，她感觉与清单上面很多症状的描述都很一致。不过事情总是如此，她想。如果你读到有关疾病的信息，你会突然开始相信每一个问题你都有。

半小时过去了，这时有人来找她。一个穿白大褂的女人。“您是奥托·克罗格－伊文森的近亲吗？”家属，幸存者。有没有语言研究人员分析过这些术语类型？索菲一边想着，一边跟随着穿白大褂的女人。订婚、祖先。有很多这样的词，还有很多衍生词，并不是所有这些词听起来都很好。

他坐在走廊的尽头，肿胀的脸上布满了血淋淋的撕裂伤、瘀青和绷带，没有很多可识别的特征留在上面。索菲没有说一句话，只是把胳膊伸了过去。在出去的路上，奥托慢慢地、含糊地说着话，试图将这次痛苦的折磨轻描淡写，并抱怨说他摔下来的时候手机被摔坏了。他上车很困难，所以她不得不将乘客座椅向后倾斜。然后他承认医生发现他的几根肋骨裂了。此外，他们怀疑他有脑震荡，所以他得到了一个星期的休假和一些强力止痛药。医生的一份说明中指出，他在第一天必须每隔一个小时被叫醒一次，以确定大脑中没有任何出血。

“我的天哪，奥托！”

“只是以防万一。”

他困难地登上楼梯，一进入公寓就倒在了沙发上，几乎立刻就睡着了。索菲轻轻地踮着脚尖，不太清楚该做什么。他甚至没有换衣服，衬衫上有血迹，浅灰色的裤子很脏，上面斑斑点点的。她帮他解开了纽扣，松一松衣服，坐在那儿看着他。他通过嘴巴沉重地呼吸着。他的鼻子发红，上面有瘀伤，凝固的血液在他的鼻孔周围结成了块。索菲意识到她应该告诉一些人。彼得有他自己的事要发愁，而且无论如何他那边已经很晚了，但他不应该被告知这件事吗？最后，索菲给他发了一条简短的信息，说他的父亲从楼梯上摔下来，摔得很厉害，但似乎并不严重。彼得马上打来了电话。

“嘿，是你啊，”索菲很高兴地说，“你能打电话来真好！”

她走进书房，关上推拉门，然后她向彼得解释发生了什么事。他似乎受到了震动。

“我不习惯‘我家老爷子’出什么问题。”他说。

“是的，他从不生病。我也一直在努力处理这个状况。”索菲说。

他们之间有一段时间的沉默。他们在无形地握手。

“你那边怎么样了？”索菲问道。

“我去医院接受了一些检查。”

“什么样的检查？”

“超声波什么的。验血的结果显示我有些指标不太对，但他们找不出是什么来。”

彼得语速很快，好像在试图逃避自己的话。

“你父亲知道这件事吗？”

“他不知道我去检查了。你会告诉他吗？”

“噢，彼得。”

“我很好。现在去看看我爸爸吧。”

从几乎封闭的百叶窗透出的狭窄光线落在奥托身上。索菲看着时钟。也许她应该比每隔一小时更加频繁地叫醒他，至少在开始的时候。但当她坐在沙发边缘，小心翼翼地将手放在他胸口时，他的眼睛睁开了。他眯起了眼睛。

“你这样看着我也无济于事啊！”

她缩回了手。奥托再次闭上眼睛，不再看她。索菲澎湃的愤怒是如此出其不意，如此强大，以至于她感觉有双强有力的手抓住了她，将她拉起来。摔下楼梯这种事太笨拙，本来是可以避免的。她低头看着他的脸。天知道他是否会再次成为原来的样子。皮肤擦破了，嘴唇发青，看起来很古怪。索菲想象自己用紧握的拳头击打这张脸，将拳头砸到他伤痕累累的嘴上，一下，两下……

她僵硬地朝厨房走了几步。我们经历过更糟糕的事情，她想，我们经历过更糟糕的。

傍　晚

每当索菲叫醒奥托时，他都抱怨头疼。她再次阅读了医生的说明，并给他吃了药方上规定量的止痛药。他躺在那里，一片茫然，从他那里获取什么明确的信息并不容易。她究竟怎么才能知道他的大脑是否在出血？不过到了傍晚的某个时刻，他似乎恢复了活力。他让她找一个新闻广播，他闭着眼睛听着。这是关于清理工作的最新情况的报道，并预测即将来临的暴风雨会对哪些地区造成严重的打击。丹麦有一份报告称，一艘邮轮被风暴驱赶到岸边后，他们正在试图遏制石油的大规模泄漏。地中海的难民发生了新的船难。广播一直持续着。奥托深吸了一口气。

“我坐在这里听这些令人沮丧的新闻报道……要多少天？不读书报，不看电视，几乎没有任何思考。”

“收音机上不仅仅是新闻，你知道的。我明天请假在家陪你。”

“你没有理由这样做，但我确实可以麻烦你给我买一部新手机。”

“所以旧的那部完全坏了？”

“完全废掉了，但我可以把 SIM 卡拿出来。”

“我也去给你看看有声读物。你总是说你没有时间阅读。现在机会来了。”

卡琳打电话来询问情况如何。索菲暗示说也许奥托这会儿情绪不是很好，并描述了他的样子。特因的弗兰肯斯坦[1]。卡琳笑了。

“家里有个生病的人可不是开玩笑的，”卡琳说，“我们明天下班后可以出去喝一杯吗？有件事我想和你聊聊。”

索菲犹豫了一下，说不想让奥托一个人那样躺在那里。

“不然这周晚些时候吧。”索菲说。

“只是……我今天看到你和某个男人在咖啡馆里说

[1] 在玛丽·雪莱的小说《弗兰肯斯坦》中，科学家弗兰肯斯坦创造了一个人形怪物，弗兰肯斯坦常被误认为是怪物的名字。

话了。”

“某个男人？哦，是的，我注意到你走过去了。”

“你知道吗，我认识他。我必须告诉你一些事情……但这不是能在电话里讨论的。实际上我认为我们谈论他的时候必须喝杯酒，也许是一整瓶。”

“现在我开始好奇了。”

“你应该好奇。明天五点？在帕尔门？”

当她说第二天她会和卡琳一起出去时，奥托奇怪地看着她。

“我不明白。你们现在又突然变成朋友了吗？”

“很显然你不明白。卡琳和我从来都不是敌人。”

奥托撑起上半身半躺在沙发上，索菲多拿了几个枕头支撑在他背后。血液浸透了额头上的一条绷带。

“但如果你对卡琳感到不安，也许最好保持距离？”

“一开始你说我和卡琳闹别扭是愚蠢的，现在你又建议我和她保持距离了？”

有什么东西在嘎吱作响。声音来自他的脑袋。奥托认为这是恐惧。它在生长。它可能会松动，落下。

“不，我不是那个意思。你绝对应该去。坐在这里看着我痊愈比坐着看油漆晾干更糟糕。毕竟，无论如何油漆都不会抓住你。”

她笑了。他拍了拍她的手。

“你应该有除卡琳之外的朋友，我是这个意思。你几乎从来都不出去，不去见朋友，也不跟人聊天和出去找乐子。你不再有朋友了。”

“但我们有很多朋友，比我们的桌子围一圈还多。”

“那些是我们共同的朋友，我们的社交圈子。但是你有多少真正的女性朋友，可以吐露一切的那种？”

“你有多少这样的朋友？”索菲说。

他们盯着对方，剑拔弩张，已经做好准备进行一场激烈的争论。奥托裹着绷带的脸上露出一丝笑容。

“听听我们的话。”他说。

“你还没有回答我的问题。”

“你也没有回答我的问题。索菲，接受现实吧。我们不再有任何亲密的朋友了。这是我们自己的错，我们自己退缩，从人们那里退出来，直到被他们放弃。你需要有除我之外的其他人一起说话，一起放松。”

“我有尤迪特。”

“是的。你的妹妹。你上一次和她说话是什么时候？”

“跟这件事有什么关系？”

“所以，你妹妹是你最亲密的朋友。然而你也不怎么和她说话。这有没有可能是因为你们现在实际上并不是那么好的朋友？”

索菲只是瞪着他。

“是因为照片，索菲。我不得不说，我能理解她。”

“她说的话不是真的。我从来没有禁止她挂玛丽的照片。”

“你和你的母亲有同样的争议，这也是你不怎么和她联系的原因。还是我错了？”

索菲的嘴巴抿成了一条线。奥托试图直起身子坐着，但最终呻吟着向后倒在了枕头上。

“我应该说话小心些。看起来这段时间我都要依赖你的好心肠。”

“我从来没有禁止任何人展示玛丽的照片，你知道的。就在他们开始在家里放这些小祭坛的时候……鲜花、天使、塑料的心，还有天知道是什么的东西……说到我的母亲，我们只讨论过她放大的一张照片，模糊不清，并不够好，她看起来完全……”

索菲的手臂无助地在空中挥舞着。

“是的，那不是她最好的照片。因为你是拥有玛丽最好照片的人，而你不会把它们交给任何人。”

太阳落山了，蓝色调挤进了房间，八月的夜晚有时候是深沉的色调。索菲打开厨房的灯，开始搅拌鸡蛋做煎蛋卷。她想要为她受伤的丈夫将空气和爱意一起搅入煎蛋卷，但又怀疑它承载了较多的沮丧和挫败感。她想到了她的父亲。你是你爸爸的宝贝女儿，奥托曾经这样告诉她。也许他是对的。在她与妹妹或母亲发生争论时，她的父亲是唯一支持她的人——或者至少有这么一种理解——其他人只是置身事外。但当索菲想到她的父母时，她认为他们是一个整体。古斯塔夫·克罗格和埃尔塞·克罗格一直在一起工作、一起旅行，什么都在一起。他们一起管理着一家小型出版社。她的父亲在早餐桌上向她大声朗读法国和美国文学杂志上的文章，并摘录了他喜欢的手稿为他的女儿们当作睡前故事。他们家经常有客人来吃晚饭，尤迪特和索菲会从报纸采访中发现他们是著名作家。长大以后，她们无法区分一张脸与另一张脸的记忆，只有源源不断的嘈杂声和拍拍她们脑袋的人们，用英语说她们有着如此漂亮的衣服、如此漂亮的头发。

索菲已经预见到有一天她会接管出版公司，她的父亲也预见过，但后来她去了维也纳结婚生子，尤迪特开始了她的医学研究。当她的母亲和父亲退休时，他们没有经过多少讨论就卖掉了出版社。他们已经看到了这项事业将会变得多么艰难。

奥托吃了几口煎蛋卷。很明显，咀嚼让他疼痛。他的下唇肿了，嘴里有伤。她应该做汤的。他咕哝着什么想要更多止痛药的话。她拿起他的盘子，问他是不是不愿意脱衣服去睡觉，但是没有得到回应。索菲蜷缩在另一张沙发上，睡不着觉。她的一只手臂感觉很奇怪，就像一只动物咬了她的肩膀，而现在它就挂在上面。当她躺在那里时，她感到一种解脱，奥托显然已经忘记了叮咬的伤。但痛苦是不变的。她有机会的时候会告诉他。痛苦是不变的。

有没有人能理解玛丽没有打电话意味着什么？那天晚上，玛丽那边完全沉默，尽管他们在她旁边找到了她的手机，上面显示了所有的未接来电。玛丽为什么不打电话给她的母亲？她没有时间吗？或者她不敢，因为害怕移动发出声响？或者当她匍匐在那块巨石后面的时候她知道这几乎是最糟糕的想法，因为没有人可以帮助她？

这些问题后来在聚会上，在那些能够彼此见面的幸存者的亲友中被提出，从那以后它们就一直在她的脑海里翻来覆去。那些父母谈到了那些令人绝望的最后的谈话。有一个爸爸只听到了他女儿的尖叫声。有一位母亲有足够的时间说出她多么爱她的儿子。大多数孩子打了电话给他们的父母、他们的朋友。他们在树木、巨石后面或岩石下面的藏身处，发送了短信，发了推文，或打了电话。他们啜泣、绝望，被告知信息，接受建议，说再见。这是世界上可以想象的最糟糕的电话，但没有它是令人无法忍受的。

她是睡着了吗？索菲睁开眼睛，直接出现在她面前的是一个高耸的身影。所以，他又在那里了，近得让人恼火。她怎么知道她看到的是什么？没有明显的脸，没有脚、没有手，她只是盯着那条黑色的裤子。它是一种坚硬、结实的织物，她可以看到皮带和扣子的反光。就好像闪电突然闪过，反射物亮了，然后他走了。索菲坐在沙发上，她的心跳得很厉害，她可以感受到她疼痛的手臂上的脉搏。快来吧！她想尖叫。快来吧！现身吧！露出你的脸，你这个懦夫中的懦夫！快来吧！穿着你的假制服，褪色的流苏，你那漂白的牙齿，以及你那些宏图大志。你这个坏人中的坏人！你，从后面射杀了孩子们！

房间变得昏暗。从街上传来低沉的声音，还有清新的雨水的味道。慢慢地，索菲能够推动时间和房间回到原位了。她必须叫醒奥托并说服他躺在床上。桌子上放着两个脏盘子。在这个空间和时刻，需要启动的好像太多了：沙发上的身体柔弱无力；桌子上的盘子，其中一个有剩余的煎蛋卷。

玛丽不属于他在岛上开始游荡时发现的第一批人。她很可能跑了一会儿，尝试了各种藏身之处。有几个人试着藏在水边，但过了一段时间，每个可能的藏身之处都被占据了。也许她一直在寻找她的两个朋友，但他们在学校大楼里，有十三个人躺在那儿。在他进来开始四处射击时，十三个人都倒下了。玛丽一定是在洗手间，或者她去她的帐篷拿东西了。她躲开了第一次大屠杀。她本来有机会的。她不能只是在某个地方挤一挤吗？她就不能下水游泳吗？索菲为她的女儿创造了好几条逃生路线。在索菲的想象中，她沿着每一条路径奔跑，沿着每一个斜坡滑下，爬进每一道裂缝。索菲现在知道了这个岛屿的里里外外，知道了那些幸存下来的人一直躲藏的地方，知道了在他的死亡游戏持续的七十三分钟里他所采用的路线，他在岛上去过哪里。

他在森林里找到了她，在一块巨石后面。她的脖子中了两枪，都是致命的。子弹是从后面射来的。这可能意味着她没有看见他。不想看见他。这可能意味着，他泥泞的靴子，大摇大摆的警察制服，令人厌恶的、狡猾的、胜利的目光，并不是她在世界上见过的最后的东西。她紧紧贴在地上了吗？她有没有闭上眼睛祈祷有好事发生？有没有装死，因为那是遇到野生动物时要做的事，比如遇到了熊？但那不是熊。也许她已经把头转开了，看着石楠花，普通的石楠花，她看到的最后一样东西，那些小小的、干燥的紫色花朵。她不相信上帝。那么她向谁祈祷了？她和谁说过她的想法？

她的手机放在雨衣口袋里。还有电。她有足够的时间，然而她没有打电话给任何人。

周二

TUESDAY

索菲要去人权之家基金会就不得不经过政府所在的区域。有很长一段时间，她都会走很长一段路来避开这个区域。而现在，无论如何它只不过是一个无法进入的建筑区，除了象征意义外什么都没有。高楼仍然耸立着。不可能拆除，也不可能使用。白色薄板包裹着混凝土框架，上面覆盖着一层遮蔽物；还有一座不请自来的纪念碑。他们在这么多年里都没有达成一致。那个伟大的“我们”，挪威人民，在悲剧发生后的几个星期里是如此团结，后来却未能就任何一件事达成一致。这些建筑物不允许自己被进入。犯罪现场不允许自己被使用。纪念碑不允许自己被竖立起来。试图对国家的创伤做些什么的艺术家们都很沉默。人们想要或能够看到的唯一的东西是玫瑰、星星、天使。这就像在一个裂开的伤口上贴上 Hello Kitty 的膏药。

停滞，索菲骑自行车路过，凝视着高楼时想。现状。看到它不再令人心痛。她没有感觉到什么，只有一阵温暖的微风，带着下雨的迹象。也许停滞是对这种令人麻痹无力的事件唯一自然的反应？也许想要其他东西是错的，索菲想着，晃进了人权之家基金会占据的一个小街区的街道。

自六月的乔迁派对以来，索菲一直没有去过那里。现在时间还很早，它看起来空旷而安静。他们都去旅行了吗？她慢慢走上楼梯，气喘吁吁。外面，空气变得越来越压抑而闷热。在每个楼层，都有标志注明那里的组织名称，挪威赫尔辛基委员会、挪威笔会、挪威寻求庇护者组织……在顶层，那狭窄的阁楼就是罗姆人协会。有这么多敬业的人，索菲想。即便有这么多善意，世界仍然是它本来的面目。就在这时，她注意到有其他人在那里，楼梯间上有一个高高的人影。一个女人，她的衣服在她身边飘散开来。当索菲走近时，看到她弯腰抱着一个小孩。那个女人看着她，毫无表情，也许是对她不是奥托而感到惊讶。我现在该怎么办，索菲想。她放下钱包，打了声招呼。

"我是奥托的妻子。"索菲说。那个女人对他的名字做出了反应。索菲抬起戴着结婚戒指的手，指了指戒指。

"妻子。"她说。

孩子在那个女人的腿上翻了个身。一个小小的心形的嘴出现了，眼睛仍隐藏在围巾下面。这不像索菲最初想到的那样是个婴儿。

"女孩？"索菲问道，"是个女孩？"

那个女人似乎完全无动于衷。她一定很热，索菲想。她看起来好像穿着好几条裙子，层层叠叠，围巾底下还有什么东西，看起来像是羊毛外套。也许除了她身上穿的衣服，她什么都没有。

"我能帮你吗？你需要帮助吗？"

那个女人抬头看着通往奥托办公室所在的阁楼的门。门是关着的。

"奥托今天不会来了。"索菲摇了摇头，做出了一个悲伤的表情，"奥托发生了意外。他病了。他今天休假了。你能听懂吗？你听懂我说的话了吗？"

那个女人的眼睛垂了下来。那是表示肯定的答复吗？

索菲坐在楼梯上。这两个女人一起注视着睡着的孩子。那个女人深深地叹了口气，但她仍然没有说一句话。这个小女孩看起来很瘦。索菲思索着。奥托会知道该怎么做，但现在没有办法联系他。她可以给这个女人钱，但她没有带。其他办公室里似乎也没有人。她心不在焉地去试着敲了敲楼下的门。门锁着。会得到食物吗？索菲想。孩子会得到食物吗？她走回楼梯，从那个女人身边挤过去，打开门进入奥托的办公室。那个女人打算站起来，但索菲用一个手势阻止了她。

“等一下。等等。我只想进去拿点东西。”

她来过几次奥托的办公室。这是一个狭小的房间，天花板是倾斜的。日光是从两个天窗里透进来的，现在外面的天空渐渐暗淡了。索菲打开了灯。奥托告诉她，她会在桌子上找到她要拿的东西：一台便携式笔记本电脑，还有两个加起来比笔记本电脑还重的红色塑料文件夹。那里还有很多东西。她停了下来，受到了震动。桌子上摆着玛丽和奥托的照片，镶嵌在相框里。距离她见过那张照片已经很久了。她记得它，但不记得奥托曾经把它放在他的桌子上。这张照片是索菲拍的，是在哥本哈根的蒂沃利，就在玛丽和奥托登上“穿越山谷”过山车之后。他们微笑着，做出眩晕的样子。玛丽的酒窝就像一道激光一样穿过了相框玻璃。

索菲拿起相框，打量着照片。奥托一定是自己镶进去的，这张照片从来没有挂在家里过。她迅速地将嘴唇贴上玛丽的脸颊、酒窝，贴在相框玻璃上。她没有将照片归于原处，而是放倒在桌子上，这样奥托就会知道她已经看过了。

其中一个抽屉里有两张一百克朗钞票和一些零钱。她松了一口气，拿走了钞票，把它们塞进口袋，然后拿着文件夹和笔记本电脑走出了办公室。她走下楼梯时，那个女人转过身来。当索菲试图将所有东西塞进自己的自行车包时，抱歉地笑了笑。它已经快满了，里面装着有声读物和新手机。

“我必须把这些东西拿给奥托，这样他在病假期间可以在家工作。”她说着，不再担心这位女士是否理解她的话。她把袋子扣上之后，把手伸进口袋，拿出两张一百克朗的钞票。

“我还找到了这些。你可以为你自己和孩子买些吃的。”

索菲站在那里，手里拿着钱伸向那个女人，那个女人看起来并不像想要把钱接过去的样子。然后，突然间，那个女人伸出一只手，抓住了索菲拿钱的那只手。那个女人抓得很紧，索菲不得不向前倾，不可能继续这样站着了，她最后只得坐了下来。那个女人扭动着索菲的手。这样很疼。救命啊，索菲想。她打算给我看手相吗？索菲把钱放到女人的膝盖上，打开手掌，手心向上。然而，索菲很快就意识到那个女人正盯着她手腕上被蜱虫叮咬的伤口，而不是她的手掌。

“Kerja。”那个女人说。她重复着这个词，现在她终于开始直视索菲的眼睛。她不老，只是围着的巨大围巾让她显得有些老。索菲现在可以看到她的半边脸有某种痕迹。它可能是遭到击打而形成的瘀伤，也可能是一个胎记，但索菲可以感觉到她的心脏在身体里激烈地跳动。而她，曾试图给那个女人一笔钱。

那个女人重复了几次那个词，然后说出几句对索菲来说一样难以理解的句子，夹杂着索菲能听懂的一个词：医生。那个女人盯着她，目光灼灼，索菲点了点头，试图把手挣脱出来。

“好的。医生。我们应该去看医生吗？”

索菲先指了指那个女人，然后指了指自己。那个女人摇了摇头，果断地指着索菲。

“医生。”

索菲又点了点头。

“来吧，”她说着站起来，“来吧，我们可以去看医生。”

索菲一只手抓起自行车包，另一只手伸向那个女人。

“来吧。”索菲再次说道，然后点头示意，沿着楼梯走向街道。那个女人没有动，她再次弯腰抱着孩子，摇晃着孩子。

“不来？”索菲说，“你不想来吗？不去看医生吗？”

那个女人没有抬头。索菲叹了口气，再次坐在楼梯上，坐在那个女人下面的台阶上。索菲把头靠在墙上，感到困惑。她很快就要回到奥托那里了，怎么解决这个难题呢？其中一张纸币落到了她坐的台阶上，另一张蜷缩在睡着的孩子脚下。孩子睡得那么沉，在温暖的腿上就这样睡着了，索菲甚至不知道她有没有在呼吸。有一会儿，索菲在想她是否应该把她们带回家，那个女人和孩子，告诉她们可以回家去找奥托。在这种情况下，那个女人会来，不是吗？但她知道一定得找到比这更好的办法。索菲拿起电话，找到了危机中心的号码。那位接电话的女士说她们可以去日间护理站，和那里的人聊一聊。索菲注意到了这个地址。不是很远。

“我应该带你们，你和你的孩子，去你们可以得到帮助的地方吗？我要和你一起去危机中心吗？你知道那是什么地方吗？危机中心。那里只有女人，女人和孩子。你可以休息，能得到食物。我可以把你们带到那里。如果你去的话。去吗？”

那个女人停止了摇晃，双手抱在孩子身下，把孩子举了起来。向前举起，向着索菲举起，带着一种恳求的表情，但也有一种奇怪的坚决。孩子的头向下垂着，脚也向下垂着，晃来晃去。这么小的孩子竟然有这么多的头发。索菲不知道该怎么办。孩子在索菲面前悬空着。她的手臂渴望接过她。她至少可以抱一会儿这个小女孩？但感觉好像不能去伸手，好像有一个不能越过的边界。

“求求你，”那个女人说，“行好。求求你。没有生命。”[1]

所以你说英语了，索菲弱弱地想。她的决心彻底

[1] 这个女人的英语不标准。

耗尽了她的力气。这开始像她反复出现的梦。有人递给她一个孩子。她应该接受这个孩子，就像她在梦中那样吗？

“没有生命，”那个女人再次说道，“行好。你生命。”

“是的。你有生命。你拥有这个孩子。”

索菲站起来，从这个不自然的处境中抽身，但拒绝把孩子接过来抱着。索菲抚摩着孩子的肚子，可以感受到小小的身体的温暖。这个女孩穿着一件小小的没有洗过的衬衫，上面有个卡通人物。虽然玛丽和她的朋友们有带着这个卡通人物的一切衬衫、连衣裙、铅笔盒和包，但索菲还是记不起这个卡通人物的名字。小女孩总会想要一切东西上都带有这些卡通人物。

孩子现在醒来了，闻了闻，试图抬起头。那个女人把她拉向自己，把她放在自己的大腿上。两只深沉的棕绿色眼睛与索菲清澈的蓝色眼睛相遇了。

“你好，小家伙，”索菲说，并试图眨眨眼忍住眼泪，“你刚才睡得好吗？”

女孩怀疑地看着她，然后扭着身体向她的母亲身上靠，将脸埋在她母亲的胸口。

“请让我来帮你吧，”索菲说道，“我会为你找个地方。”

那个女人站起来，一只手紧紧地抱着抽泣的孩子，另一只手将围巾围在自己身上，然后拿起她背后的那个塑料袋。索菲可以看到袋子里有一个水瓶和一些布料。那个女人走路的动作很僵硬，很难分辨这是因为她带着孩子，还是她某个地方受伤了。在出口处，那个女人停了下来。索菲为她们打开了大门。

刚才一定是下雨了，短暂的阵雨，空气中有一种混合着沥青、灰尘的烧灼气味。在暴风雨过后的几天里，这座城市的太阳已经变得炽热了。那个女人走到街上，但朝着相反的方向走去。目前尚不清楚她是否理解了索菲告诉她的话。索菲匆匆向那个女人赶过去，沉重的自行车包撞着她的腿，腿被刮破了皮。她小心翼翼地抓住女人的手臂，试图让她转过身来。但是那个女人避开了她的目光，继续拖着脚向前走。

谁拒绝了谁？索菲放下自行车包，站在那里注视着那个女人和孩子。她感到困惑，手臂也疼痛起来，有种疼痛的空虚。那个女人宽阔的背部不断缩小，渐渐消失在人行道上。她穿过街道，进入了一个小公园。有一段时间，她仍然可以瞥见她们就在树下。

傍　晚

“所以，在你看来，我当时也没有什么其他事情可以做？”

索菲一直害怕告诉奥托在他办公室外的那场会面。她知道自己对这件事处理得很糟糕。他正在打开新手机的包装。当她站在那里看着他耐心地把 SIM 卡放进去的时候，她讲述了这个故事。他似乎没有听到她说的话。她不耐烦地将包装横扫到了地板上。当她挨着他坐在沙发上的时候，他大声呻吟着，试图把腿抬起来。

“小心！”

“向我解释一下，”她说，不是生气而是在恳求，“我应该让她进入办公室允许她待在里面吗？或者我应该把她带回来？我应该报警吗？这是你的工作。是不是你不想回答，或者你不能回答？”

她看着他的眼睛，看到他眼里的痛苦，立刻对她刚才的爆发感到后悔。

“说实话，只要你不会说他们的语言，你可以做的并不多……如果你把她带到危机中心，他们可能会庇护她几天，但之后……”

“那你会怎么做？”

他耸了耸肩：“跟她对话。也许她需要帮忙填写表格，找到住的地方，我不知道。”

“Kerja。”索菲说。

“什么？”

“这是她说的一个词，说了几次。‘Kerja’。你知道是什么意思吗？”

“这取决于它的语境。”

“就是那样。Kerja。”

“它的意思可以是危险、痛苦。”

“她指的是我被叮咬的伤口，”索菲说，“我被虫子蜇的地方。”她纠正了自己。

“你不是要去看医生吗？你还没去吗？她是对的，这可能很危险！”

“我预约了。在我经常去的医生那里。”

“什么时候？”

“在……”索菲想了想，“星期五。她直到星期五才有空。”

“你不能等到那个时候。我告诉过你，去急诊。”

索菲弯下腰来去捡手机说明书，它与包装一起落在了地板上。她把小册子放在他的肚子上。

“我不明白你是如何做自己的工作的。你能够一直不放弃。”

“它并不像表面上看起来那么无望。”

“不，你总是这么一厢情愿。”

“这些人承受着欧洲发生的所有事情的沉重负担。现在他们正在寻找出路，即使他们在这里过着糟糕的生活……对于其中一些人来说，这也是向前迈了一步。”

奥托看着她消失在楼梯上，然后又下来了。她穿上了一件短得有些过分的连衣裙。作为补偿，它有长长的袖子。她的头发富有光泽，她的眼睑涂成了深蓝色。她很漂亮，他告诉她。她就不能只是在家里到处晃，只是为取悦他吗？奥托不得不承认自己很紧张。卡琳想在这个特殊的时候与索菲见面，很奇怪。她有可能会透露些什么吗？关于他们的短信？或者关于另外一件事情。

她是不是要捏造些什么？她最后给他发的短信仍然在他脑海中盘旋，在他失足掉下楼梯之前他正读到的信息。也许他没有完全读完，但至少有一些文字已经烙在了他的记忆里："你是那个采取主动的人。你在出租车上牵起我的手。你自己说过这对我们是有意义的。你认为它会就这样消失吗？这是能够招之即来、挥之即去的东西，就像一条狗一样吗？"

我缺乏勇气，索菲想。索菲迟到了。公共汽车开往市中心，也开进了雨中。她想到了正在等待的卡琳，想到了卡琳正坐在那里密谋着什么。白皇后对黑皇后？我缺乏自信，她想。一名男子在她前面占了两个座位，然后醉醺醺地哼着歌。他衣着整洁，但浑身散发着酒精的气味，可能是个麻烦。他已经试图与周围的其他乘客进行接触了。他是无害的，但她仍然希望他不会转过头来开始说某种废话。她不知道她会做什么，她的情绪很危险。整整一天，她都在想卡琳和霍普斯托克之间的关系。她不想叫他的名字，即使是在她的思绪中也不行。卡琳在电话里不能说的是什么？她想知道，但与此同时，她又不想知道。

令索菲恐惧的是，她看到那个喝醉的男子跟她正在同一个公交车站下车。她走到公交车的后面，以避免与他从同一扇门出来。我缺乏勇气，索菲想。还有什么比这更差劲的？当你遇到已经失去自尊的人时，你似乎也失去了自尊。

卡琳站起来，给了她一个拥抱。有点儿冷淡，鉴于她迟到了十五分钟，这并不奇怪。

“你的头发闻起来有雨的味道。”

“刚才开始下起雨来了。”

索菲把双手放在头发上，甩了甩，然后脱下外套，把它挂在椅背上。

“你穿的裙子真漂亮啊！”她看着卡琳说，“非常漂亮，温暖的颜色。”

“谢谢。这件衣服穿在你身上可能会更好看。”

“只是我从不穿黄色。不再穿黄色了。”

索菲可以看出卡琳开始说话带刺了。这件衣服是小麦黄色的，比卡琳的头发颜色更深。当卡琳坐在沙发上的时候，就像一束中间弯曲的稻草。她个子很高，举止优雅，是那种一进入房间就会引人注意的人。索菲一直很喜欢看卡琳。

菜单被放到桌子上，大片的纸上写着蜿蜒曲折的文字，几乎难以辨认。

“我想我会吃野生鲑鱼。”

“那很好……但是，我们真的应该放弃其余的鲑鱼群吗？”

卡琳翻了个白眼：“你一定总要这么政治正确吗？”

到目前为止，谈话有了一种熟悉的语气。她们点了野生鲑鱼。餐厅里没有多少人。有一桌坐着四个女人，她们轻轻地笑着干杯，银酒杯碰到一起叮当作响。就在这桌女人对面那桌，一个年轻的男人和一个年长的男人正低头坐着，他们面前摆着咖啡。房间是圆形的，通风很好，上面巨大的玻璃圆顶透进光线，照亮了这个房间。暴风雨的天空让光线变得阴沉而灰暗。索菲和卡琳周围是镜子和玻璃。索菲快速地揉搓着双臂，好像冻僵了一样。她的手镯叮当作响。它们是在博物馆礼品店出售的薄珐琅手镯，索菲把好几种颜色戴在了手上。卡琳点头表示认可。

“那样很时髦。”

索菲把她能找到的镯子都戴上了，以掩饰被叮咬的痕迹。她把手臂藏在了桌子底下。当天早些时候的那场会面充斥着她的脑海，真是不可思议。楼梯上那个四肢伸展的身影，手指像爪子一样坚硬，仿佛它仍然紧握着她的手。

“我工作的时候收到了问候。每个人都在想‘特因的弗兰肯斯坦’怎么样了。”

“如果这个名字传播开来，我觉得奥托会不喜欢。”

“嗯，你很可能是对的。他看起来很可怕吗？”

“呃，他可能一段时间都不想在外面露脸了，但他的头脑正在工作。你能想象奥托好几天都坐在那儿盯着墙吗？”

卡琳咧嘴笑了。服务员带着一瓶白葡萄酒和一个醒酒器过来了。他的动作很敏捷。葡萄酒闪烁着淡绿色的光芒。卡琳用细长的手指抓住了酒杯的柄。她的指甲总是修剪得很整齐。索菲整理了一下手镯，举起酒杯。

“那么，干杯吧，”卡琳说，“我很少能单独跟你在一起，但这是你的朋友突然变成你的老板时必须付出的代价。”

脸皮真厚，索菲想，但那种犀利的优雅也总让她脱颖而出并受到尊重。

餐厅变得更加黯淡了。外面有一种压迫感。一场新的暴风雨一触即发。

“你想和我谈的是什么？”

“雷思·霍普斯托克。”

“霍普斯托克。你认识他吗？”

“你可以确定我认识。我有一段时间经常去找他。你不打算找他治疗，是吗？”

“他希望我找他治疗。”

索菲把晚宴的事告诉了她，来自地狱的同席进餐者，他的调情，他是如何在餐桌上宣布离婚的。奥托说的没错，这是一个很棒的故事。

“昨天他在我工作的时间来找我，请求我的原谅。在他道歉后，他给了我这个，鼓励我寻求一些帮助。”

索菲从外套口袋里掏出名片递给卡琳。

“我的天哪！”

食物被端上桌了，在昏暗的房间里几乎泛着红光的鲑鱼、大麦饭、一种根状蔬菜浓汤，还有茴香。

“看起来很美味。”

“吃吧，我会告诉你我和霍普斯托克的故事，”卡琳说，“它不如你的好，但足够粗俗。”

“我都不知道，你去接受过治疗？”

卡琳用叉子在小小的大麦金字塔中开垦着。

“我只想说我已经让许多治疗师精疲力竭，他们的结论总是一样的——我在我最亲密的关系中挣扎。例如，我所有的男朋友，其中有几个是同性恋。我就是这样的人。我也有过很多情人。但问题并不是这个，而是我总有点儿……犹豫不定。你看起来完全被震住了，索菲。我并不是要把我所有的问题都卸给你，只是我昨天看到你和那个男人在一起，有些担忧。”

卡琳用叉子指着盘子。

“哇，尝一下。鲑鱼太棒了。”

索菲叉起食物。她的耳朵嗡嗡作响。是外面的噪声吗？是雨声吗？卡琳究竟在说什么？她们曾经是亲密的朋友，她们过去常常互相倾诉一切。或者只有她，索菲，一直在倾诉？她可以感觉到她的腿开始微弱地颤抖。她小心翼翼地放下刀叉，双手放在大腿上，只是片刻，然后拿起餐巾，轻轻擦了擦嘴。最近，她感觉她的记忆好像充满了漏洞。有可能卡琳之前谈过这件事吗？或者她总是有所保留，对重要的事情闭口不提？卡琳专注在食物上，在某种程度上，说话和吃饭她能够同时进行。

“嗯，我最开始去霍普斯托克那里是四五年前了。我们谈到了我无法爱上别人，他一定把这件事当成了一种挑战。我发现他在谈话中非常有侵略性，所以我不再去找他了。就是从这时候开始的，因为他把这当成是我的信号。”

“信号？”

“是的，我们不再是医生和患者，这一事实意味着我们现在可以开始见面，呃，作为男人和女人，我想这就是他看待这件事的方式。他给我发短信、打电话、到我家来……”

“你是在开玩笑？”

“没有。起初我试着礼貌一些，但这些做法只会进一步激发起他的欲望，你明白吗？最后，我威胁要举报他，他才终于退缩了。我必须承认，昨天我看到你和他在一起时，我感到非常害怕。多么令人难以置信的巧合。”

卡琳拿起那张躺在她们之间的名片，把它撕成两半，然后将这两半分别撕成更小的碎片，最后将它们撒在盘子里剩余的食物中。

“承认吧。你打算跟他联系，尝试一小时的治疗，看看他是不是真的那么糟糕。”

“绝对不会的。”

“当然会，我敢打赌。事情都是这样发生的。”

她们的酒杯被重新倒上了酒。服务员问是否对他的服务感到满意，卡琳不耐烦地挥了挥手让他离开。

“你说过这件事，索菲。你想去看心理医生，但你总是拖延。”

“我从来不缺少机会，你知道的。危机顾问，丧亲支持团体，与其他幸存者会面……我都尝试过一段时间，但我没有办法接受帮助。所有这些集体的悲痛让我感到厌恶，人们对我应该如何处理悲伤有如此强烈的看法。我所要做的就是从悲伤中走出来。这如此纯粹，如此容易理解。”

卡琳的眼睛湿润了？这不是索菲想要的。卡琳不应该哭出来。索菲试着换了一个更轻松的语调。

“但现在我开始怀疑了。我收到了一些信号……我怀疑我是不是再也无法把事情看清楚了。”

卡琳严肃地看着她。

“你可以尝试一下。我之前说过，你必须发泄你的愤怒。你内心承受的太多了。你太阴郁了。有很多人这么认为。还有你的母亲，你的妹妹……你不应该把别人推开。”

服务员过来清理盘子，卡琳去了洗手间。当那个小小的名片从视线中消失时，索菲感到很迷茫。她没有认真考虑过向霍普斯托克咨询，但并没有抗拒把他的名片装进口袋。他说，这是一种防卫。她抱着胳膊，感受到一种温热。现在，肿胀似乎蔓延到了她的肩膀，虽然并没有看到什么痕迹，但身体里面有某种压力，让整个身体内部陷入动荡。事情都是这样的，她想。她原来的怀疑再次浮出水面，而她知道她现在还是不会去。去接受治疗，与她的生活达到一种可容忍的距离？不，她当然已经足够深入地审视过自己。卡琳回来了，在一张纸上写下了几个心理医生的名字和电话号码。索菲坐着看着她，试图厘清刚才所说的话。“有很多人这么认为”，这句话不停地在索菲脑海中旋转。她不记得自己告诉过卡琳自己与母亲和妹妹的争论。又一次出现了那种感觉，那种她无法再相信她的记忆或者她的亲身经历的感觉。

服务员问她们是否想要甜点。一切都被清理下去了，桌布在她们之间重新变得平整干净。索菲感到眩晕。她只点了黑咖啡。

“噢，索菲，我很高兴你决定这样做。我最近一直很担心你。”卡琳说着，把纸递给她。

它来了，索菲想。

“这很难说，我今天本来不想谈论这些事情，但问题是人们有点儿……害怕你，因为你有那种光环，我应该怎么说呢，崇高的悲伤。”

一种崇高的悲伤的光环。

“这使你难以让人接近，你能理解吗？”

索菲慢慢地摇了摇头。她理解了，但不认同这个前提。她无法接受这些话，这种人为贴的标签。

“只要员工对待你像对待圣人一样，气氛就不会很好。人们会感到拘谨，疏远你。我相信这也困扰着你，这就是为什么我尝试着以对待其他主管一样的方式对待你。但可能你认为……你觉得……我担心你可能会认为我在和你唱反调。”

“奇怪，”索菲说，卡琳很快停了下来，“就像在听奥托说话一样。”

一个困惑的表情滑过了卡琳的脸。“怎么个像法？”

索菲的目光越过了她。“我不知道。我只是觉得有点儿似曾相识。好像之前已经有过这次谈话了。”

“如果我想得太离谱了，我很抱歉。邀请你来这里，然后跟你唠叨工作，我这样很愚蠢……”

“没关系，卡琳。挺好的。听你说话对我很有帮助。”

索菲站起身。她一直站着，抓住桌子的边缘。

“你是不是生病了？”

“我只是起身起得太快了。对不起，我需要去趟洗手间。”

当索菲穿过玻璃门走上大理石楼梯时，她可以感受到背后卡琳的目光。她能听到她的想法：“她走了，那个黑衣女子，以她那神秘的方式翩然而去，就像一个仙女或者精灵，美好得不似人间之物。”她站在洗手间里，盯着瓷砖，闪闪发光的白色瓷砖，洗得很干净，上面有强力消毒剂的气味。突然之间，对她来说好像一切都如此不真实，就好像她能够在一瞬间看穿虚妄，那种奇特的幻觉——那就是生命。她可以看出她不是索菲，卡琳不是卡琳，她们都是一局游戏中的玩家，没有意义，没有尽头。这种感觉如此强烈，她吓坏了。水在马桶里盘旋，她就在管道里，在被水冲下去的途中。她吐了。

当索菲回到餐桌时，她不得不用双手举起小小的咖啡杯。她感到空虚和无力。她的血液从她的身上流走了，流到其他地方，穿过其他的身体，一个真实的身体，一个温暖的生命体。卡琳的目光在她身上停留了很长时间，它紧紧地压在她的锁骨上，就像一个有形的重量一样。卡琳已经说出了她想说的，但是她究竟想要的是什么？索菲转身寻找服务员。

卡琳向前探着身子。

“你的工作不轻松，我根本不羡慕你！有这么多人都认为他们知道得最多，无论你做什么，都不可能驱动那些老古板，但是不要让它阻拦你。记住，博物馆里有很多人喜欢你。”

然后她们忙着结账。之后，她们在前台站了一会儿。索菲忍受了这一切。这些惯常的离别问候。每次门被打开时，都会有一股寒风冲过来。外面，汽车飘浮在街道上方。卡琳和索菲一起等着索菲打的出租车，风掀起了卡琳的裙子。黄色不再温暖，在强烈的光线下，在大理石墙壁的映衬下，看起来过于艳丽。索菲告诉卡琳她可以离开，不需要陪她一起等。后来出租车到了，两人都冲向了雨中。

奥托背着她打开了电视，他没想到索菲这么早就回家。起初她没有说什么，只是特意在他面前走过，进了厨房。他看着她打开抽屉拿出一袋薯片，直接从袋子里拿着吃。

“哦，我以为你在外面吃饭了。你不是在一家餐厅吃了吗？”

“分量很小。”

“发生了什么事吗？”

索菲打起精神，将薯片倒进碗里，然后把它拿进起居室。

“你什么意思？”

“你看起来脸色很苍白。事实上，你看上去很糟糕。”

“我感觉糟透了。我刚刚淋湿了，也许我感冒了。”

她扑通一声跌坐在他面前的椅子上，一边盯着电视一边继续吃着薯片。这是一部关于非洲人权倡导者的纪录片。解说的声音像是一条黑暗平静的河流。奥托可以感觉到他的脉搏放缓，恢复了正常。这不可能是他担心的那件事。总相信人性最黑暗的一面是错误的。

“卡琳有什么特别想要说的吗？”他小心翼翼地问道。虽然他躺着，但他可以感觉到自己正失去立足点。他在楼梯上的那次跌倒开始以其他方式困扰着他。身体的疼痛仍然存在，在他的头上、他的肋骨上、他破碎的嘴唇里。那次跌倒的感受已经留存在他的身体里，尽管他已经记不起来究竟经历了什么，但他的身体为他回忆起了这件事。失重的感觉。坠落，不知道什么时候坠落会结束。就在那个时刻，好像坐在一架在气穴中不断陷落的飞机上一样。

“哦，说来话长。我只能从头开始，告诉你我们的朋友霍普斯托克医生昨天出现在博物馆。”

“雷思·霍普斯托克？在博物馆？”

“就在我接到急诊室的电话之前。所以我忘了告诉你。”

索菲讲述了博物馆的那次意外的拜访，还有卡琳与霍普斯托克的故事。

“所以这就是为什么卡琳坚持要见你？”

“无论如何，她就是这么说的。她想提醒我小心霍普斯托克。”

“但你不想听她的话？”

索菲困惑地看着他。

“是的，我不想……其实我最近一直在考虑接受治疗。但我不会去找他。卡琳推荐了其他的心理医生。她显然有很好的治疗经验。”

“哦？”

“是的，她今天晚上告诉我，她已经接受了几年的治疗，找过很多不同的治疗师。我发现这很奇怪，因为她以前从来没有提过。”

奥托躺在那儿，直直地盯着前方，眼睛眯了起来。

“你在想什么？”

他在想什么？他认为生活有很多面，但首先是复杂的，一切都如此紧密地编织在一起。他在想他正在变成一个老人。他在想生命就是一次坠落，任何事情都可能发生在空中坠落的那几秒钟内。

“我同意你的看法，这很奇怪。”

那不是他真正在想的事情，但他只能这么说。

周三

WEDNESDAY

她立刻看到了它，但没有真正看到整个过程。这太意外、太残酷了。

阳光灌满了内庭院，淹没了被切断的树枝，地上反光的地方形成一个个黄白色斑块。索菲在大门内停了下来，呆呆地站着，一动不动，过了一会儿才开始消化刚刚发生的事情。庭院里的桦树已被砍倒了，树干还留着，砍掉了一半，上面还有部分遭到砍伐的树枝伸出来。树不再是树了，而是雕塑。下面散落着黄绿色的叶子，还有锯末，上面布满了小木棍和嫩枝。其余的都消失了，绿色的树冠，过滤光线的树枝和树叶，它们曾将庭院变成一个遮天蔽日的凉亭，曾在风中沙沙作响，形成色彩和动态之美。现在，索菲通过毁坏的树干和树枝，直接看到了相邻的白色建筑、一个自行车棚、一面墙皮脱落的墙。她发出了声音，颤抖的声音，几乎就像小鸟的尖叫。她僵硬地走向大门，惊讶地发现钥匙正好打开了门，惊讶地发现她的脚一直把她抬到楼梯上。每走过楼梯间的窗户时，新的景象就会刺入她的眼睛：混凝土和玻璃，不整洁的阳台，她在邻近的庭院里从未见过的晾衣绳，无助地朝各个方向伸出的坚硬的桦树尖刺。在自己那层楼楼下的露台上，她看到天空是完全敞开的。在整个夏天曾经闪烁着绿意的地方，现在只有刺眼的阳光怒视着穿过玻璃。索菲把自己锁在屋里，把钱包和购物袋扔在地板上，走进起居室，没有脱下鞋子和外套。奥托从沙发上瞥了她一眼。他的脸仍然无法辨认，是马赛克，是彩色图。

“嘿，你已经回来了啊？我一定是一直在睡觉。”

索菲只能站在那里。

奥托能够支撑自己起来了，他把背靠在枕头上。

“索菲，说话呀，怎么了？”

“那些桦树……”

“哦，那些桦树。刚刚外面有一场可怕的骚乱，一点儿都不平静，所以他们最终结束的时候，我才睡着。外面变得非常难看吗？”

“什么都没有了。没有了！他们不能这样做！谁做出的决定？”

“住房协会委员会，我猜。”

“但我们为什么没有……”

“我们没有参加会议。我们在入夏之前就收到了董事会的全民投票通知。上面是不是说了些什么，关于修剪的……”

他停了下来，因为他注意到她的眼泪如潮水般涌出。她的脸是木然的、苍白的，像石膏一样。泪水滴在她的外套领子上，顺着领子流了下来。索菲站在那里，好像冻僵了一样，双手直直地垂下。她似乎已经停止了呼吸。

“索菲，索菲，冷静。坐下。你能听到吗？坐在那张椅子上。”

但是，索菲并没有坐下来，她瘫倒在地板上，倒在一堆皱巴巴的东西里。这堆东西发出几声深深的呜咽，然后变成了嘶哑的哀号。奥托尽力挪动他酸痛的身体，从沙发上站起来。他脑子里闪了一下，一时间弯下了腰，然后一瘸一拐地向她走去，试图脱掉索菲的外套。他没有做到，于是蹲了下来，用胳膊搂着她。她仍然在哭泣，但克制了一些，把头埋在外套的里衬里。奥托无法通过身体接触使她平静下来，于是起身去找纸巾。他带着两张纸巾回来，碰了碰她。他试图将她的头发从脸上拨开，握在手中。它变得潮湿，缠在了一起。索菲把纸巾捂在脸上，继续抽泣。

他没有多少安慰的话可以说。他也看得到桦树被粗暴地处理，十分恶劣。虽然它们很可能会再次长出来，再次发出新芽，再次变绿，但它们永远不会像以前那样好。对此，他们也无能为力。他们楼下的邻居几年来一直抱怨缺乏光线，索菲没有注意到吗?

“你没有办法阻止，亲爱的。说到底，只有我们这些住在顶楼的人想要保留那些桦树。再说很快它们又会把我们遮蔽在阴凉之下了。想想自从我们搬到这里以来它们长了多少。”

他抚摩着她的头。她的哭泣渐渐平息了，只有偶尔发出的呜咽声。

“它们是整个街区唯一新鲜健康的东西。”

“它们会重新长大的。这里有园林部门的人，他们知道自己在做什么。”

索菲转过身来，奥托以为她会坐起来，但恰恰相反，她伸开双腿，完全躺了下来。奥托不得不放开她的头发，她的头滑到了桌子下面。她的大部分身体都躺在那条波斯地毯上，那是他们搬到特因时从她父母那里收到的。她双眼紧闭，面孔肿胀。

"起来吧，索菲。亲爱的，你不能这样躺着。"

她没有回答，只是把外套裹得更紧了。奥托叹了口气，挣扎着站了起来。他去拿了一块毯子盖在她身上。在去洗手间的路上，他注意到她扔在地板上的购物袋。当他弯下腰捡起它时，他的肋骨刺痛了一下。她买了有机鸡胸肉、奶油、新鲜的意大利面。他把食物放在冰箱里，然后回来坐到沙发上，他的身体在沙发上留下了一个温暖而舒适的小压痕。

除索菲粗重的呼吸以外，室内一片静寂。奥托躺着注视着天花板，黑点在他的眼前跳舞。这种情况可以用"看见星星"这种相当可爱的表达，但其实更类似于"落在眼睛里的片片灰尘"。在过去的几天里，他有足够的时间来打量房间的四周。这个泥灰的作品，这个埋藏着他们生命的盒子的美丽框架——这个想法吓到了他，这并不是他们想象中生活应有的样子。他们曾经有两个孩子，他们身边曾经有如此多的生气。现在玛丽死了，彼得在地球的另一端安定了下来。他和索菲尽力为自己创造意义，一种不同的生活，一种和谐。这样看，他可以理解索菲因为桦树而不能自已的心情。他把一只胳膊放在眼睛上。当他的父母从黑暗中出现时，他吃了一惊。他们在白漆的棺材中并排躺着。黑色的土壤。黑暗，静止。他自己将他们想象成木乃伊，他想不出其他任何东西。他对他们只有温暖的感情，这种温暖几乎是痛苦的。他的母亲突然死于一种特殊的恶性癌症。他父亲的离世来得也很突然，在他母亲去世几个月后，他父亲也去世了，死于心脏衰竭。一下子变成孤身一人，这对他父亲来说是一种冲击。他的父母一生都陪在彼此身边，但奥托从来没有把这想成是爱情。共同的梦想，共存，习惯，关怀，他可以用很多词来形容这种感情，但也许爱是唯一正确的一个。当彼得罕见地与他和索菲在一起的时候，他想知道彼得对他和索菲是怎么看的。当然不是他们所认为的他们投射的形象——两个人互相成就，彼此提升。也许彼得为他们感到难过？也许他认为他们很可怜？很难知道彼得是怎么想的。彼得没有参加玛丽的葬礼，因为路程很长，路费昂贵，而且他不得不参加他已经推迟的考试。他们没有坚持让他来，这是错误的。彼得对他们经历了什么知之甚少，但他也承受了失去的痛苦。彼得现在会怎么想呢？

奥托感觉到桌子下方的一个微弱的动作，一个吸气的声音。他不应该去打扰她，但他不得不催促她尽快起来。我的妻子躺在桌子底下，他想，她还穿着鞋子。

阳光不再那么晃眼了。奥托双手交叠放在肚子上，肚子以一种咕咕的响声作为回应。黑点几乎消失了。墙壁。墙上的艺术品有些是传下来的，有些是索菲购买的。他把目光固定在两个石版画上。上面的图像让奥托感到不安，尽管他喜欢它们。画以罗斯蒙肖龙为主题，照亮的脸，黑暗的门。他盯着它们，直到一切都转移到黑暗和光明的领域。一条河流将他冲走，房间里的物体开始旋转。书籍和纸张、灯具，艺术品和椅子，一切都在洪流中被一扫而空。只要我闭着眼睛就不会有危险，他想。突然，另一个房间里发出了声音。索菲不再躺在地板上，她正站在书房里放下百叶窗。这是通往阳台的入口，面向庭院的一间。阳光不复在房间里肆意流淌。奥托静静地躺着，眨了眨眼睛。

“你在做什么？”

过了一会儿她回复了：“关上百叶窗。我再也，再也不想往外看了。”

“你疯了吗？ 我们不能一直关着百叶窗！”

“不能吗？”

她越过他，冲进厨房。他可以听到她打开了一瓶酒。她回到起居室，站在餐桌旁。餐桌上放着一本打开的书，页面之间的折叠处有一支黄色荧光笔。她抿了一口酒。“锚。土地和铁。”她大声朗读着这些他在段落中标记的词汇。

“我那时还不知道有多少结束了……”她开始读了。

“我那时还不知道有多少结束了。当我现在从这老迈的高山上回望时，我仍然可以看到被屠杀的女人和孩子们堆积着，散落着……沿着弯曲的峡谷……就像我看到他们有着年轻的眼睛一样清楚。我可以看到血腥的泥土中还有什么东西死了，被埋在了……暴风雪中。一个民族的梦在那里死去了。那是一个美丽的梦。”

她从书中抬起头。

“我以为你禁止我读书，但你却坐在这里读这个！”

“我没法读超过两页，之后我就得躺下来。”

她用手拂过书的那一页文字，引用自美国原住民尼古拉斯·布莱克·埃尔克：从那时起，一直没有任何改变。

奥托痛苦地挣扎着坐在沙发上。呼吸很痛，他的脑袋像沸腾着的水壶一样。他看着妻子，图像在他眼前闪烁，她变得模糊起来。她站在桌子旁，如此严厉，以这种控诉的态度。她在控诉他什么？

"处于我们和恐怖之间的东西，太渺小了。薄薄的一层，但人们不理解美是多么重要。"

奥托眨了几下眼睛。他理解了，但他怎么才能让她知道呢？

"所以，当桦树被砍倒的时候，你体验到了仿佛恐怖正在接近的感觉。"

她点点头："这是失去领土的问题。我们每天都会失去领土。一切美丽的东西，都会被玷污。"

她站在那里。端着酒杯的女人。长长的、顺滑的头发。一个没有脸的女人。阳光太不寻常了。外面，天空变成了一个闪光的、浅灰色的阴影，就像一个贝壳内部的样子。她等待着。

"我理解你，索菲。我们想得不太一样，但我理解你。”

“不，你不理解。你认为会有正义，大多数人会得到他们想要的东西。每个人都能得到同样数量的光，如果美消失了，也还是会一样。”

“你在把问题简化。”

“不，恰恰相反。我在剖析它。”

奥托揉了揉早些时候直立起来的头发，当他戴上眼镜时，他看起来就像个疯子。

“我想我也需要一杯葡萄酒。”

他得到了半杯。

“现在我已经准备好讨论了。”她说。

“讨论什么？”

“搬家。”

他咳嗽了一声，用手背小心地擦了擦嘴。

“这可能有点儿草率，你不觉得吗？”

“你一直说搬到坎蓬，住到高处去。我们去找一个花园里有棵树的小房子吧，我们可以按照自己的意愿去设计。”

索菲挑衅地看了他一眼，充分意识到自己处境不妙。

“好吧，你怎么说？”

“这有点儿让人惊讶，我相信你能意识到。你以前从来不愿意讨论这个。现在你突然觉得这是个好主意。我永远不知道你在想什么。”

她的目光沉下来。“嗯，老实说，我从来没想过，直到这一刻。”

“所以我应该把这次讨论看得有多认真呢？”

她把空杯子拿到了厨房。奥托把双手都放在脸上，但抵制住了蹭一蹭的冲动。太痛苦了。他几乎无法辨认出自己的脸。他的皮肤鼓起，热热的，到处都有刺痛感。又搬家？好吧，他们从没想过余生都在这里度过。一个小小的房舍会很好。他可以拥有自己的房子，索菲可以拥有自己的树。他想象出一个孩子的画作中他们家的房子——一定是他自己这样画过。一个大正方形套小正方形的窗子。楼梯，弯弯曲曲的门。画得歪歪扭扭的，所以房子看上去是歪斜的。房子旁边有三个小火柴人和一个四条腿的球：母亲，父亲，孩子，狗。一棵顶部画着绿色圆圈的树。一辆不比狗大多少的车。一条细细的绿色的线，上面的一切都很协调，那是草坪，总是新修剪过的。上面的细细的蓝线就是天空。中间的大部分区域是白色的。空旷的空间。

“你在想什么？”索菲坐在他对面的椅子上。她去了洗手间把酒杯冲洗干净，将头发扎成马尾辫，穿上了一件轻便的 T 恤。她看起来好多了。

“关于坎蓬的一个小房子。有一个花园，周围有一道高高的篱笆。”

“还有丁香花。”

“你想要的任何东西都有，索菲。”

她的眼睛又溢出了泪水。清晰、闪烁，它们肆意流淌，星星点点地沾湿了她的 T 恤。他可以听到自己的声音很疲惫、很沉闷：“这不只跟桦树有关吧？”

桦树，他们的低语。天空下的绿色华盖。

“只跟桦树有关。”她轻柔地说。

一道闪电划过。他开始倒计时，等待着雷声。雷声还没有来，所以暴风雨还很遥远。他希望它永远不会到来，或者很快就会到来，这样他们就可以尽快结束了。他们从来没有结束过。他记得她在追悼会上的愤怒，如同黑色的、沸腾的油。无边无际的愤怒。这就是开始。很多人都说了美好的话、正确的话，当然也有一些完全错误的话。灾难发生仅仅两天，在那种情况下的人，你能对他们抱什么期望？但愤怒在继续。对试图解读这一事件、将悲伤据为己有的所有人的愤怒。他可以理解一点儿她的感受。那些美好的话语最初给予了她力量，但最终不再管用了。这成了任何人可以用来做任何事情的口头禅。更自由，更开放，更民主。正如索菲曾经说的那样：玫瑰枯萎了，变得微不足道。挪威，这个小小的国家战胜了邪恶和仇恨。玫瑰花车游行，照片传遍了整个世界。仇恨和疯狂与宽阔的爱的河流对抗。这是耸人听闻的，几乎令人难以置信。这种策略真的可行吗？第一次玫瑰花车巡游很团结，给予了人们力量。接下来的就是个笑话。人们扯出一些旧的环保歌谣，走过街道，歌唱一个星星遍布的天堂。更多的爱，更多的感伤，更多的玫瑰，更多的"目之所及的蓝色海洋"。愤怒遭遇了什么？站在深渊边缘的索菲，只能看到它有多么黑暗，只能看到它有多么空虚。他们也需要安慰，奥托告诉她，他们这样做是为了安慰自己，必须允许他们这样做。这就像试图在天堂和地狱之间进行调解。在那之后，她拒绝了所有团体和聚会的邀请，拒绝了其他幸存者与她联系的所有尝试，拒绝了所有支持她或者帮助她的好意。她过于坚决了，奥托想。她对此置之不理，以一种不信任和蔑视的态度。不信任政府，不信任每一个担负职责、说他们会尽职尽责但在关键时刻却食言的人。到目前为止，他能理解她。但是，她不是也拒绝了其他人，即使是那些最亲近的人，那些无法理解、无法遵从她的想法的人？她有一天也会拒绝他，难道这不是时间问题吗？

他的手机亮了起来，然后是一阵轻快的铃声。当他接起电话时，索菲可以从他的声音中听出那是谁，并且全身上下都感觉到她忘记了什么。她忘记了彼得。奥托在说话的时候看着她。她蠕动了一下。

"哦，真的吗？"奥托说，"我一点儿都没有听说。"

索菲站起身走向厨房。她应该怎么说？她无法承认她忘记告诉奥托她与彼得的谈话。那将是致命的。她会说她推迟告诉他这件事，等他恢复了一些再说。电话持续了很长一段时间。她一边听一边清理着。然后起居室里安静了下来。她走到门口。

"你为什么不告诉我彼得打过电话？"

"我是打电话的那个，那时候你在睡觉，然后……然后我想我应该等一等再告诉你，直到你恢复过来。"

"但那是两天前的事！"

"我觉得他听起来很不安，但我可能误解了。是我太蠢了，对不起。”

“你就是忘了！”

“不是，就像我说的，我想等一下，直到你恢复正常。”

“你就这样站在那里撒谎。难道你不能说实话吗？你忘记了！你永远不会提到任何事，你就是神魂飘忽，都没有办法知道你在做什么！”

索菲不情愿地直视他瞪大的眼睛。愤怒似乎随时都可能从他的眼睛里跳出来。他看起来好像想要一把抓住她。那么难道他就不能这样做吗？抓住她的马尾辫，把她拖进房间。奥托总是那么冷静，相比之下，其他人都显得慌乱不安。永远如此虔诚。虔诚，虔诚，虔诚。这个词将她灌满，但她没有让它流出来。它在她耳朵里响起。

“仅仅事后请求原谅是不够的。即使与我或者与我们有关，你都不告诉我你在想什么。你收到了重要信息却没有传达。你完全心不在焉，我就像对着一个空洞的黑色麻袋在喊话。我今天给你的医生打电话……”

“什么？你给我的医生打电话？”

“……确定一下你是否真的约在了星期五，就像你说的那样。而你没有。”

她的眼睛颤动着。

“也许是星期一……”

“没有！别说了！你他妈的最好给我闭嘴，索菲！”

奥托抓起酒杯，用尽全力扔了出去。当它从她太阳穴旁边闪过时索菲感受到了气压，玻璃杯撞到墙壁的时候，一个小小的东西在她的脖子上飞溅而过。“当”的一声。她看着奥托，他坐在那里，喘着粗气。他的视线固定在她身后的一个点上。她慢慢地转过身，看到沿着墙壁流下来的一道道红酒。

夜色将近

他们低声说着话。一种漠不关心的感觉向他们袭来，比之前的愤怒更可怕。索菲捡起最大的玻璃碎片，把墙上的酒痕刮干净，但她没有办法完全消除墙上的红色条纹。

“该死的，”她咕哝着，用抹布和清洁粉擦拭着，“现在把公寓卖出去就更困难了。”

“我们会把它描述为艺术家的居所。那样人们就能预见到零零散散的红酒斑点了。”

奥托疲惫不堪，斜斜地倚着。索菲起身，捡起落在椅子上的玻璃碴。它们上面留下了小小的红点。

“过来，坐下吧。”

“好的，我要先把这清理完。到处都有玻璃。”

“那可以等等。来吧，我想和你谈谈。”

索菲放下清洁粉和抹布，坐在沙发的边缘，把手叠起来放在膝盖上。

“我来了。”

他一直闭着眼睛，不确定“咔嗒”的声音是来自他的头部还是街道下面。他摸索着找到她的手，紧紧握住它。

“也许我打电话给你的医生是过分了，但我很担心你。你正试图置身事外。你在逃避。”

“好。”索菲的声音冷冰冰的，“好。我会去找我的医生看看蜱虫叮咬的问题。”

他睁开眼睛：“所以这确实是蜱虫叮咬的？”

“我觉得是，但我不是很确定。”

“你不是否认这是蜱虫叮的吗？”

“我从来没有否认。我说我不知道那是什么。你说我什么都不告诉你，但你也不是特别擅长倾听。它肿起来了，我看到那里面有东西。在我试图把它拿出来之后才恶化的。”

“所以你知道，你一直都知道，它有可能是一只蜱虫。没有承认，没有做任何事。你知道人们在谈论流行病，一种新的病毒，人们确实会病得很厉害。”

"报纸总是夸大其词。"

"别人可能会认为你有一种求死的愿望！"

一阵猛烈的风突然从敞开的窗户冲进来，一个花盆掉到了地上，好像有人想要打碎它。来吧，索菲想着。但她站起来去关上了窗户，不得不迈一大步跨过破碎的花盆。裸露的花根从小土块中伸出来，就像小小的白色蠕虫。

"我也会想到她，"他说，"每一天都会。"

"我知道。"

索菲站在窗前，向外看。小小的、尖锐的闪电切割着西边的山脊。

"我想起她以前的样子。她在房间里拖着脚走路的样子，有点儿开心，有点儿难过，就像一只无所适从的小狗。当她最终坐下来的时候，她总会弄乱她的头发。我经常想象着她穿着那件白色套头毛衣的样子，就是你母亲织的那件。"

"尤迪特。是尤迪特织的。"

"每一天我都在想她会做什么。"

悲伤是一种只能在短时间内共享的东西。在那之后，每个人都继续独自生活在悲伤中。索菲看着胳膊。

她的胳膊发生了什么？它不再可爱了。她变得太瘦了。她的小痣变得更暗淡了。奥托在说话。一直说一直说，从来没有说够过。

“我能理解照片的事，你不想周围有她的照片，你不想要她的旧东西。我能理解所有这一切。你宁愿有一个鲜活的更模糊的玛丽的形象在你心里，而不是一张挂在墙上的照片，提醒你一切都停在了那一刻，每次你看到时都会提醒你，永远不会有毕业照片、婚礼照片、第一个外孙的照片了。很多人认为这是一种奇怪的思路，但我可以看到其中的逻辑。”

他看到了其中的逻辑，索菲想，但有一张照片放在他的办公室，就像一个隐藏的宝藏。也许奥托宁愿把照片挂在家里。她想到了卡琳说的话——崇高的悲伤。他们都害怕她吗，每一个人？除卡琳之外的所有人？什么人能承受住她被悲伤击中的那种样子？她想找点儿什么话来说。

“我自己再也看不到她了。我有一段时间是可以的。当我看着她的朋友时，我能看见她，但现在他们是大学生了，他们长大了！他们中的一些人现在是医生了。我现在不可能再描绘出她的形象了。”

“这就是你要考虑接受治疗的原因吗？”

“是的，但还有其他一些原因。我在忘事，在想象。人们奇怪地看着我。我想我开始发疯了。”

他认真地看着她。

“无论如何，你没有去医生那儿看那个蜱虫叮咬的伤口，真是疯了。”

尽管窗户全都关着，百叶窗还是在轻轻摇晃。他们可以听到雷声在远处炸裂。

“你必须保证明天早点儿去。你能保证吗，索菲？”

她握了握他的手作为约定。

他继续说：“我今天读到了一些东西，关于人们为何要有一只允许转变的眼睛。如果没有，我们周围的世界将变得越来越小。这就是你在想的事，不是吗？”

“一只允许转变的眼睛？”

“是的。”

“奥托，”她说，“这是一个有趣的想法。”

在开始做饭之前，索菲不得不给自己磨了一杯浓咖啡。她靠着吧台站着，吹着滚烫的咖啡，不耐烦地喝着。然后她想到可以倒入一些牛奶，再加点糖。她空腹喝了两杯酒。她感到头晕目眩并不奇怪，但是她右下颚奇怪的刺痛是什么？她压了压骨头，有一种麻木的感觉。有点儿像早些时候她手臂上的感觉。也许去看急诊是个好主意，然后她就可以结束这件事了。一杯咖啡和奶油在她的胃里形成了一个温暖的水池。她重新找回了力量。她在那里站了很长时间往冰箱里看，不确定自己到底在找什么。她关上冰箱门，把窗户开了一条缝。风突然拉动窗子，试图从她手中撬起它。冰箱上的文件拍打着，日历落在她身后的地板上。除了关上窗户别无他法。但是雨在哪里？城市和峡湾几乎都涂抹上了一种浓烈的紫罗兰色调。

通往酒吧的门通常都是打开的，现在关闭了。但外面，“小可怜”躺在它平时的位置。奥托曾谈到让狗得到自由。他已经计划好了，他将如何到那里去解放这个可怜的动物，将它带走，把它带到他们的公寓。之后会发生什么，他的想法并不是那么清楚。索菲曾提到，不确定狗是不是愿意被释放，也许它宁愿留在它的主人身边，不管受到多么糟糕的待遇。难道她不能认真对待奥托，支持他吗？他们总是必须彻底分析、评估和思考一切。最后，谈话就没有办法再继续下去了。一只允许转变的眼睛。她现在可能站在这里，向她怀里那个指手画脚、咿呀学语的黑头发的小孩解释。温暖、柔软的身体，刚洗过澡的孩子，穿着干净的衣服。“小可怜”可能会过来摇着尾巴吃盘子里的东西，快乐地发出嘎吱嘎吱的咀嚼声。

两名男子跌跌撞撞地走出酒吧，向对方挥舞着拳头。其中一人几乎站不直了，他打了个趔趄，然后把拳头甩向了空气。另一个人从侧面踢了他一脚，让他脸朝下摔倒了。现在酒吧老板来到门口站着，指点着，责骂着。那个踢了另一个人的男人，在街上踉踉跄跄地走远了，消失了。那个俯卧着的人，用胳膊无助地挣扎着，仿佛经历了一场游泳的演习。他的裤子滑了下来，停在臀部。“小可怜”小心翼翼地坐着，观察着，耳朵平贴在头上。酒吧老板帮助这个男人站了起来，扶着他再次进入酒吧。

这与她在贝斯特姆的童年花园相去甚远。风吹得树木沙沙作响，弯下腰来。但是现在所有的花都会被夷平，先是被风，然后是被雨。她听到了“叮”的一声，现在有两声——她和奥托放在起居室里的手机。信息来自卡琳，她从她的阳台上给索菲发了一张傍晚的照片，城市上方有一片色彩斑斓的天空，令人叫绝。天空突然变成血红色。祝暴风雨的夜晚安好！卡琳。索菲想回信息，但想不出什么可说的。她应该引用蒙克的另一句话作为回应吗？写一句“祝你晚安”？她无法想出固定的短语和闲谈的话。八年来她一直对它过敏。当人们问她怎么样的时候，她甚至无法让自己说出“谢谢，我很好”，即使他们问的时候带有那种暗示你最好回答一切都很好的表情。对于那些问的人来说，没有别的回答是他们可以承受的。那么，当你失去了你的女儿并且你渴望的唯一一件事就是被癌症或其他可以尽快消灭你的疾病击中时，应该怎么回答呢？索菲已经学会回应：“我有我的悲喜。”每个人都有自己的悲喜。哦，是的。她对奥托感到非常生气，因为他总是以每个人都预期的和想听的方式回应，说他们一切都很好，在电话中、在聚会上，当人们问“你们最近怎么样？”的时候。一次晚宴结束后，她对他尖叫：“为你自己说话！我们最近不好，从来没有好过，永远也不会好了，所以你可以闭嘴吗？如果你再说一次我们很好——我们——我就离开你！”

他们有太多病态的争论。他们，只希望对彼此最好的他们，只有彼此的他们。没有奥托的生活是不可想象的。她也无法想象自己会住在另一个地方。问题在于她压根儿就很难去想象未来。这样已经有一段时间了。活一天算一天，尽她所能吸取力量，保持最美好的日子逝去以后生存的意志。她读到过一次，紧紧抓住这句话作为力量的来源。这种勇气一直是她的，不是吗？索菲在厨房餐桌旁的一个凳子上沉沉地坐下去。她想到了奥托说的话——一只接受转变的眼睛。这现在取决于她。她闭上了眼睛。她想象着绿色的草地，一个花园。那是她在美丽的花园里，穿着夏天的花裙子，赤脚走在草丛中。花园在贝斯特姆吗？是一个小小的但未知的、在坎蓬的花园吗？无论如何，那里有丁香花。她辨认出了它们的香味，一簇簇紫色的香气迷人的花。奥托坐在一棵树下读书。她试图想象一座房子。它一定是白色的，前面一定有老式的石阶。彼得坐在台阶上，穿着 T 恤，有着棕色的、结实的手臂。出现了一个孩子的笑声。彼得的视线跟着她，那个前往花园的小女孩。她的头发像她身后的云朵一样引人注目。彼得让她小心一点儿。“别那么快！”彼得叫道。奥托抬起头微笑着。他变老了，看起来像个老爷爷。

奥托醒来时，只听到了风声。除了厨房，一切都在黑暗之中。那么，她一定是在做饭。他伸出手找到手机，看看时间。当他读到卡琳的消息时，叹了口气。她想再次引诱他吗？然后他注意到时间差不多是十点半。他爬起来坐着。

“索菲？”他试探性地说道。没有回应。胸口怦地一跳，他马上就确定无疑地知道了。她走了。她走了，进入了暴风雨。她已经明白了一切，甚至是他不明白的事情。她受够了。奥托慢慢站起来。他费力地把毯子折叠起来。他把皱巴巴的衬衫下摆塞到裤子里。他拿起桌子上那本打开的书，放回到书架上。最后，他迈着僵硬的步子朝厨房走去。她正坐在那里，在高高的厨房桌子旁边，一只手托着她的头。她睁着眼睛，看起来半睡半醒。她面前的杯子里还剩了一半咖啡。

“索菲，亲爱的。”

她醒了过来，抬起头。她的目光慢慢转向他。

“啊，嘿。”

“你在睡觉吗？”

“不，我不这么认为。”

“现在是十点三十分！而你还没有开始做饭？”

“十点三十分？”她惊奇地环顾四周。吧台干净整洁，烤箱空着，冷冷的。黑暗紧紧压迫着窗户，在她没有注意到的时候悄悄地爬到了她身上。她遇到了他的眼神，很害怕。

“那么也许我确实是睡了一会儿？”

奥托走了过来，摸了摸她的手，很冷。他把她的头揽在自己怀里，她就把头靠在那里休息。

“悲伤已经重新集结，”她对着他的衬衫咕哝着，“所以现在我们也必须这样。”

“嗯？”

她一直在做梦，他想。“刚才我以为你走了自己的路。”他说，他的声音很厚重。

“走了我自己的路？”

“我醒了，屋里完全是静默的，而现在已经很晚了，我以为你已经离开了。”

“我不会离开你的，我的丈夫。”

他把手放在她的下巴下，抬起她的头，低头看着那双深色的眼睛，那双眼睛在她瘦长而苍白的脸上看起来很大。

“不管发生什么？”

她无声地点了点头。

我得告诉她，他想，与卡琳的荒唐事，必须把它揭露出来。索菲一定要知道这件事，她必须有机会对情况进行评估。否则，卡琳可以继续对他两面夹击。他的心跳加速了。这对他来说是一个新的想法。卡琳是一个外部的敌人，自己是一个悔改的罪人。他吻了索菲的额头。她闭上了眼睛。当他把她放开时，她把头转向窗户。

“雨还没有开始。”

“是的，只有风。”

“但它一定会来？”

“它很快就会来。”

一定要在晚餐过后再说，在把一些吃的填进肚子之前，我们不能谈论这个问题，他想。他走到冰箱边，取出了他当晚早些时候放在里面的东西。他感觉那好像是几天前，而不是几小时前。在他身后，他能听到她站起来打开烤箱的声音。

“我可以来做。”她说。

她开始用香草和奶酪处理鸡胸肉。他倒上准备做意大利面的水，然后轻轻地拉了下她的马尾辫。

“那我就去把桌子摆好。”

索菲不等烤箱预热结束，就把鸡肉放了进去，然后开始把冰箱里存放已久的食物清理出来。她不得不做点儿什么来压抑她的饥饿感。现在怎么这么晚了？她拿着两个满满的垃圾袋下楼，这时她再次想起了桦树。她的胃紧紧攥了起来。我永远不会习惯，她想，尽管她知道她会习惯的。她不得不把外门按开，一旦她到了外面，风就抓住了袋子，让它们像两个不守规矩的孩子一样走走停停，往前拽着她。她从旁边走，避免看到被剥去衣服的桦树。在棚屋顶上，什么东西松了，在风中有力地撞击着。当她掀起垃圾桶盖把袋子扔进去时，一道闪电划过，照亮了棚子的内部。雷声几乎在同一秒内炸裂。那是一个尖锐的、响亮的声音，就像一座山峰爆炸了。但还是没有下雨。她抓着栏杆，慢慢地上楼。当奥托来到厨房时她感到很奇怪，然后她意识到她已经在那里坐了很久，什么事情都没有做。那种感觉仍然存在。一个小时，就这样完全消失了。

奥托站在其中一扇窗户旁边。

“快来看看。那边真的开始了。”

她站在他身边。风一阵一阵地吹来了。他们直视着新的、完成了一半的大楼。树林、塑料布，任何松散的东西，都在摆动着。一个独轮车位于一个混凝土块的顶部，缓慢地向边缘移动。索菲觉得她几乎能听到刮擦的声音。风抓住手推车并将它向边缘外倾斜。它掉下去了，消失了，然后他们听到汽车警报器响了。就在那之后，又有两个汽车报警器也响了。咆哮的、不同步的声音穿透了墙壁和窗户。街道对面的墙面被红色和黄色的闪光灯照亮。索菲看着抬起吊臂的起重机，想象着它掉下来，把他们的庭院切成两半的情形。一道闪电照亮了整条街道，并持续了几秒钟，让外面看起来像白昼一般。雷声紧随其后，然后灯灭了。一只巨大的手转动了整个城市的开关。没有一点儿可见光。内外都是黑暗一片，一切融为一体，直到另一道闪电照亮夜空，揭示那里实际上有一座城市。

“你害怕吗？”

“有一点儿。”

他用胳膊环住她。她把脸贴在他的胸前。他们来回摇晃着。

他们一起拉出椅子。奥托的视线来回滑动着，烤面包的篮子，古老的浅盘里装着多汁的鸡肉片，大陶瓷碗里放着蒸过的扁平的意大利面条。电力重新恢复了，但他已经拿出了两个很大、很重的银烛台，这是很久以前他们在巴黎的一家古董店买下的。只有这两根蜡烛的光落在他们的饭菜上。在这种光线下，绿色的杯子看起来几乎是黑色的，那种黑松林的颜色。索菲将餐巾展开并放在膝盖上。她一直喜欢八月的夜晚，那几天，那几周，依然是夏日的时光，也依然温暖，而且黑得足以点燃生命之光。烛光闪烁了片刻，在墙上映出了影子。移动的影子，美丽而又怪异。她停下来，歪着头。

“嘘。那是雨吗？”

他们变成了影子，他们都是巨人的样子。

图书在版编目（CIP）数据

八月七日 /（挪威）布莱特·比尔顿著；姜佳颖译
.—北京：北京联合出版公司，2020.5
ISBN 978-7-5596-3986-8

Ⅰ.①八… Ⅱ.①布… ②姜… Ⅲ.①长篇小说—挪威—现代 Ⅳ.①I533.45

中国版本图书馆 CIP 数据核字 (2020) 第 034001 号

北京市版权局著作权合同登记　图字：01-2019-7569 号

八月七日

作　　者：（挪威）布莱特·比尔顿
译　　者：姜佳颖
责任编辑：孙志文

北京联合出版公司出版
（北京市西城区德外大街 83 号楼 9 层　100088）
嘉业印刷（天津）有限公司印刷　新华书店经销
字数 123 千字　787 毫米 ×1092 毫米　1/32　印张 8
2020 年 5 月第 1 版　2020 年 5 月第 1 次印刷
ISBN 978-7-5596-3986-8
定价：45.00 元